VQ

Nadja Schlüter (*1986) lebt als Autorin und Journalistin in München und schreibt vor allem für *jetzt*, das junge Magazin der Süddeutschen Zeitung. »Einer hätte gereicht« ist ihr Prosadebüt.

Verlag Voland & Quist GmbH, Dresden und Leipzig, 2017

Lektorat: Adrian Witschi
Korrektorat: Annegret Schenkel
Umschlaggestaltung: HawaiiF3
Satz: Fred Uhde
Druck und Bindung: CPI books GmbH, Leck

www.voland-quist.de

Einer hätte ge— reicht

NADJA SCHLÜTER

VOLAND & QUIST

Inhalt

Die Schweiz

Sechs Uhr. »Ich sag dir mal was«, sagt Philipp und dann sagt er nichts mehr. Ich kippe Bourbon ins Glas und Zuckersirup, ein paar Tropfen Bitter und drei Eiswürfel. Ich sehe Philipp an, während ich rühre, er sieht mir zu und trommelt dabei mit den Fingern seiner linken Hand auf dem Tresen rum. »Du machst mich nervös«, sage ich. Philipp greift mit der rechten Hand seine linke, als gäbe es keine andere Möglichkeit mit dem Trommeln aufzuhören. Mir fällt auf, dass seine Geheimratsecken in den letzten Wochen gewachsen sind. Ich reibe die Innenseite einer Zitronenschale am Glasrand ab und schiebe Philipp das Glas hin. »Da«, sage ich. »Macht 9,50 Euro.« »Schreib's an«, sagt Philipp und trinkt. Dann presst er die Lippen zusammen und schluckt übertrieben deutlich. »Bisschen bitter geworden«, sagt er. Ich mache einen Strich auf seinem Deckel.

Acht Uhr. »Ich bin so sauer«, sagt Jo und dann sagt er nichts mehr. Ich kippe Gin, Wermut und Campari ins Glas, dann drei Eiswürfel. »Echt«, sagt Jo, »stinksauer.« Er faltet die Hände auf dem Tresen, als wolle er beten. »Das verstehst du, oder?« »Ehrlich gesagt: nein«, sage ich und lege eine Orangenzeste auf die Eiswürfel. Ich schiebe Jo das Glas hin. »Da«, sage ich, »macht 9,50 Euro.« »Kann ich noch mal anschreiben lassen?«, fragt Jo. »Jaja«, sage ich und mache einen Strich auf seinem Deckel, der neben Philipps unterm Tresen liegt. Elf zu vier für Philipp. Jo zahlt wenigstens ab und zu, Philipp muss ich zwingen. Das mache ich etwa alle fünfzehn Drinks und dann sagt er so was wie: »Für deinen Bruder könntest du ruhig mal eine Ausnahme machen.« Und ich so was wie: »142,50 Euro sind mir etwa 132,50 Euro zu viel für eine Ausnahme.« Und dann gibt er mir einen Hunderter, sagt so was wie: »Den Rest kannst du behalten«, und grinst.

Jo trinkt einen Schluck, dann rümpft er die Nase. »Bisschen bitter geworden, oder?«, sagt er. Ich nehme ein Glas in die Hand, um es zu polieren.

Zehn Uhr. »Hallo mein Mäuschen«, sagt Nils. »Gib mir doch bitte ein Bier.« Ich sage nichts, dabei könnte ich ja zumindest zurückgrüßen, wäre ja nicht verfänglich. Ich nehme ein Bier aus der Kühlschublade, öffne es und stelle es vor Nils auf den Tresen. »Danke«, sagt er und schiebt mir einen Fünfer rüber. Er trinkt einen Schluck. »Ist es zu bitter geworden?«, frage ich. Nils lacht. »Soll das ein Witz sein?« »So was Ähnliches«, sage ich und hole ihm sein Wechselgeld aus der Kasse. Nils hat keinen Deckel, aber er wird nach Nüssen fragen in drei, zwei, eins ... »Hast du Nüsse da?«, fragt Nils.

Drei Brüder haben ist anstrengend. Drei Brüder und eine Bar haben ist noch anstrengender. Am anstrengendsten ist es aber, wenn man drei Brüder hat, die immer Streit haben (zwei gegen einen oder jeder gegen jeden oder einer mit einem anderen und der Dritte tut so, als ginge ihn das nichts an), und man eine Bar hat, in die alle drei Brüder trotzdem gehen wollen, weil es ja sehr praktisch ist, eine Schwester mit einer Bar zu haben. Damit die drei sich nicht absprechen, aber auch nicht begegnen müssen, hat jeder einen Slot bekommen. Philipp kommt, wenn er kommt, zwischen sechs und acht, Jo kommt, wenn er kommt, zwischen acht und zehn, und Nils kommt, wenn er kommt, zwischen zehn und zwölf. Alles nach Mitternacht ist Glücksspiel, da darf jeder kommen, wann er will, deswegen kommt da selten überhaupt einer von ihnen, außer, er ist sehr betrunken. Die festen Slots gelten immer und für jeden Tag, auch wenn nicht jeder von ihnen jeden Tag kommt. Wenn zwei von ihnen gerade gut miteinander sind, meistens, weil sie gemeinsam gegen den Dritten sind, dann sprechen sie sich manchmal ab und kommen zusammen im Slot eines der beiden, also zum Beispiel Philipp und Jo zwischen sechs und acht oder Nils und Philipp zwischen zehn und zwölf. Jo hat insgesamt den besten Slot, weil er in der Mitte liegt, und weil Jo dadurch, wenn er mit Philipp in Philipps Slot kommt, vier Stunden bleiben kann, und wenn er mit Nils verabredet ist, kann er auch vier Stunden bleiben. Wenn Philipp vier Stunden bleiben und Nils sehen will, aber gerade Ärger mit Jo hat, muss er kommen, wieder gehen und dann wiederkommen oder mit Nils kommen und dann noch zwei Stunden nach Mitternacht bleiben und hoffen, dass Jo dann nicht auch plötzlich auftaucht. Einmal, als Nils und Jo gerade Streit hatten und Philipp so getan hat, als hätte er mit all dem nichts zu tun, kam er um sechs und blieb bis Mitternacht und sprach ab acht zwei Stunden mit Jo und ab zehn zwei Stunden mit Nils und um halb zwölf war er sturzbetrunken und fing an, sich mit Nils zu streiten.

Mit Freunden oder ihren jeweils aktuellen Partnern kommen die drei schon längst nicht mehr, weil den Freunden und Partnern das alles viel zu anstrengend ist, und das ärgert mich, weil mir dadurch Kunden verloren gehen. Vor ein paar Monaten kam Nils' Freund Amir mal um kurz vor acht, weil er mit mir darüber sprechen wollte, dass Nils so einen schlimmen Streit mit Jo habe und er nicht wisse, was er tun solle, und dann kam Jo um acht und ich habe die beiden zusammengesetzt, damit sie darüber sprechen können. Leider kam an diesem Abend um zehn auch Nils und wurde fuchsteufelswild, als er Amir und Jo zusammensitzen saß, und es kam zu einer fürchterlichen Szene, in der Nils erst Amir vorwarf, nicht loyal zu sein, und dann Jo, er mache sich an seinen Freund ran, woraufhin Jo furchtbar beleidigt war, dass Nils ihn anscheinend für einen Schwulen halte, und Nils und Amir dann beleidigt waren, dass Jo Schwulsein anscheinend für etwas Negatives halte, und dann habe ich meinen Kollegen Samuel gebeten, die drei vor die Tür zu setzen, obwohl alle anderen Gäste das Ganze extrem amüsant fanden. Meine Bar hat viele Stammgäste und die wissen natürlich schon, dass sich hier immer dieses Brüdergedöns abspielt. In einem Lonely-Planet-Thread zu Ausgeh-Empfehlungen in unserer Stadt gibt es sogar einen Eintrag, in dem ein Besucher mit einem Zwinker-Smiley erwähnt, dass die Tumbler Bar dafür berühmt sei, dass es dort diese drei Brüder gäbe, die immer … und so weiter. Mir persönlich wäre es ja lieber, wenn meine Bar dafür bekannt wäre, dass es dort diese guten Drinks gibt, aber man kann sich seine Brüder eben nicht aussuchen. Seine Drinks übrigens schon und, nur um das mal erwähnt zu haben: In meiner Bar hat man eine große Auswahl und die Drinks sind echt gut und nie, nie, niemals zu bitter!

Nils isst seine Nüsse. »Waren Philipp und Jo heute da?«, fragt er und wischt sich seine fettige Hand am Hosenbein ab. Er hat ein bisschen zugenommen in den letzten Wochen, sicher wegen Winter und wegen Jobsuche. »Ja«, sage ich. »Und beide waren irgendwie und wegen irgendwas sauer, aber frag mich nicht, wegen was.« »Ich muss dich gar nicht fragen, Mäuschen«, sagt Nils. »Ich weiß es nämlich!« »Ach was«, sage ich und poliere ein Glas. Ich werde jetzt nicht nachfragen, aber er wird es mir eh sagen, in drei, zwei, eins … »Wegen mir!«, sagt Nils. »Ach was«, sage ich. »Die Konstellation mal wieder?« Im Streit zwei gegen eins ist die Konstellation Jo und Philipp gegen Nils vermutlich die häufigste, noch häufiger nur, dass Philipp mit einem der beiden Streit hat und der Dritte dann eine Art Streitpause, falls er sich nicht dazu entschließt, für einen der beiden Partei zu ergreifen. Philipp fühlt sich am schnellsten angegriffen, was unter anderem daran liegt, dass er momentan die größte Angriffsfläche bietet. Er wohnt nämlich seit dem Tod unserer Mutter im letzten Jahr in unserem Elternhaus und müsste uns, seine drei Geschwister, die das Haus ja ebenfalls zu je einem Viertel geerbt haben, dafür eigentlich auszahlen. Dafür müssten wir aber erst mal ermitteln, wie viel das Haus wert ist, also einen Sachverständigen den Wert bestimmen lassen. Aber Philipp will das Haus lieber zum Verkauf anbieten, um herauszufinden, welchen Preis man damit erzielen könnte, und aus irgendeinem Grund verzögert sich das dauernd. Immer fehlt noch irgendein Dokument oder Philipp hat zu wenig Zeit, weil seine Ex-Frau und die Kinder ihn in Beschlag nehmen und so weiter. Es ist ziemlich klar, dass er das mit Absicht macht, weil er ja, sobald ein Wert feststünde, ein Darlehen aufnehmen und uns unseren Anteil auszahlen müsste, und das will er natürlich vermeiden. Nils ist sowieso dafür, dass wir das Haus verkaufen und Philipp woanders hinzieht, weil es ja auch ein bisschen irre ist, so ganz allein in einem Haus zu wohnen, aber Philipp hofft immer noch darauf, dass seine Ex-Frau samt Kindern zu ihm zurückkommt. Als er das wirklich mal als Argument angeführt hat, hat Nils gesagt, dass er da doch selbst nicht dran glaubt, wo es nicht mal Laika bei ihm ausgehalten habe. Laika war Philipps Jack-Russell-Terrier-Hündin, die in der ersten Woche, in der Philipp in unserem Elternhaus wohnte, aus dem Garten abgehauen ist und auf der Bundesstraße von einem Kleinlaster überfahren wurde. Philipp war natürlich stinksauer auf Nils, weil ihm das mit Laika doch sehr zu Herzen gegangen ist, und hat danach drei Abende zwischen sechs und acht an der Bar gesessen und geschimpft und nach jeweils drei Old Fashioned abwechselnd geschimpft und geheult. Am ersten Abend habe ich noch auf acht Uhr hingefiebert, weil ich dachte, er geht dann. Aber er ist geblieben, um zwischen acht und zehn Jo auf seine Seite zu ziehen, was auch geklappt hat, weil Jo Laika mochte und außerdem das Haus auch nicht verkaufen will. Allerdings nicht, weil er es Philipp gönnt, darin zu wohnen, sondern weil er hofft, dass Philipp sich in dem großen Haus irgendwann zu einsam fühlt und auszieht und Jo mit seiner Freundin einziehen, im Garten Hochzeit feiern und einen Haufen Kinder kriegen kann. Das hat er Philipp an diesem Abend und an den drei folgenden Abenden natürlich nicht gesagt, aber irgendwann hat Nils es Philipp gesagt und dann hat Philipp Jo damit konfrontiert und dann hatten die beiden Streit.

Ich poliere das nächste Glas und schweige, weil ich weiß, dass Nils schon von alleine weiterreden wird. Das Praktischste an meinem Job ist, dass ich fast nie Fragen stellen muss, weil die Leute mir einfach so alles erzählen. Ich bin wie die erlösende weiße Keramikkloschüssel, über die man sich beugen und reinkotzen kann, nachdem man sich mit der Hand vor dem Mund durch einen Haufen Leute gedrängt hat. So kriege ich zwar eine Menge Mist erzählt, andererseits muss mich der Mist auch nicht so richtig kümmern, weil die meisten nicht mal einen Rat von mir wollen. Sie wollen sich nur auskotzen. Und Fragen stellen ist halt auch nicht gerade meine Stärke, von daher optimal. »Ich hab Philipp noch mal aufs Haus angesprochen«, sagt Nils. »Weil ich Geld brauche. Er soll sich endlich mal kümmern.« »Ja, sollte er«, sage ich, obwohl es mir eigentlich wurscht ist. Solange ich meine Ruhe und meine Bar und meine Freunde und Netflix habe, können sie mit dem verdammten Haus machen, was sie wollen. »Ich hab in den letzten fünf Wochen ungefähr fünfzig Bewerbungen geschrieben und wurde nur ein Mal zum Vorstellungsgespräch eingeladen und hab dann eine Absage bekommen«, sagt Nils. »Ich kann nicht mehr. Aber Philipp ist natürlich sauer geworden, weil sich die Sache mit dem Verkaufsangebot angeblich immer noch verzögert und er ja angeblich gar nichts dafür kann, dass es nicht vorwärtsgeht. Und dann habe ich Jo angerufen, um ihn zu überzeugen, doch mal auf meiner Seite mitzuspielen. Ich hab nämlich überlegt, zu klagen.« Nils trinkt an seinem Bier. Der einsame Typ neben ihm tut so, als wäre er in sich versunken, hört aber sicher zu. Einsame Typen an der Bar hören nämlich immer zu.

Es ist nicht so, als wäre das Thema Klage nicht schon mal auf dem Tisch gewesen oder zumindest: auf dem Tresen. Auf meinem. Nils hat es angesprochen. Jo hat es angesprochen, weil Nils es angesprochen hat. Und Philipp hat es angesprochen, weil er von Nils gehört hat, dass Jo es angesprochen hat. Dann gab es Streit und danach haben alle so getan, als gäbe es diese Option nicht. Darum klingt das jetzt bei Nils auch so, als sei das etwas ganz Neues. »Das ist ja was ganz Neues«, sage ich, weil ich damit gleichzeitig ironisch sein und das Spielchen mitspielen kann. »Ja, aber Jo will nicht mitmachen. Und dich muss ich eh gar nicht erst fragen. Und irgendwie finde ich es auch bescheuert, meinen eigenen Bruder zu verklagen. Das muss doch so zu regeln sein.« »Meinetwegen könnt ihr euch alle drei gegenseitig verklagen, dann entscheidet vielleicht endlich mal jemand darüber, wer von euch endgültig und für immer recht hat und dann ist Ruhe im Karton«, sage ich und greife unter die Theke, weil Nils' Nüsse leer sind und er gleich nach neuen fragen wird. »Jetzt sei doch nicht so, Mäuschen. Und hast du noch … ach, danke!« Nils war schon immer am einfachsten glücklich zu machen, er strahlt die Nüsse an, die in die Schüssel rieseln. »Jedenfalls habe ich mir was überlegt«, sagt er dann. »Was anderes, um mich zu finanzieren, und was mir, glaube ich, Spaß machen würde. Und dir, glaube ich, auch.«

Ich zucke zusammen und hoffe, dass Nils das nicht bemerkt hat. Aber mir gefällt der Gedanke ganz und gar nicht, Teil irgendeines Plans zu sein, den einer meiner Brüder gemacht hat. Ich bin und war schon immer die neutrale Schwester. »Ich bin die Schweiz«, das habe ich früher immer gesagt, nachdem ich diese Redewendung kennengelernt hatte. Heute denke ich das zwar nur noch, aber ich sehe es noch genauso. Ich mische mich nicht ein, dafür erwarte ich von den anderen aber auch nichts. Wenn ich ein Problem habe, gehe ich damit nicht zu meinen Brüdern, ich will keine Solidarität und keinen Rat von ihnen. Das war schon immer so und ich will mir gar nicht vorstellen, welches Chaos ausbrechen würde, wenn ich daran etwas ändern und mich an einen von den dreien wenden oder mich mit ihm verbünden würde. Das ganze System würde explodieren. Oder implodieren. Jedenfalls kaputtgehen. Wir sind wie ein Haus, das vom Erdbeben eh schon schief steht, und wenn man dran rütteln würde: wumms. »Ich wüsste nicht, was das sein soll«, will ich darum sagen, aber das kommt mir dann doch etwas zu eindeutig vor. »Das macht mir ein bisschen Angst«, sage ich und dann erlöst mich wieder ein Gast, der von rechts an den Tresen kommt. Hinten und rechts sind eigentlich Mayas Seiten der Theke, ich mache vorne und links, aber Maya mixt gerade und ich will aus der Situation flüchten. Also nehme ich die Bestellung auf und mische einen Mint Julep. Ich gebe mich höchst konzentriert und halte mich weit rechts, damit Nils mich nicht anspricht. Er nuckelt an seinem Bier und hat keine Nüsse mehr, aber das ist mir egal. Der einsame Typ schielt manchmal zu ihm rüber.

Nach dem Mint Julep kommen noch ein paar andere Gäste, und Samuel kommt, um die Tische zu bedienen, weil es ab elf voll wird, und ich bin erst mal beschäftigt. Ich habe Nils ein zweites Bier gegeben. Der einsame Typ hat ihn angesprochen und wirkt sehr flirty. Ich sehe, dass das Nils unangenehm ist, wahrscheinlich, weil er schlecht im Flirten ist und weil Amir immer so eifersüchtig ist und er daran denken muss. Der einsame Typ ist sehr attraktiv, so ein trainierter mit gesunder Gesichtsfarbe. Nils schaut mich immer wieder hilfesuchend an. Gegen Viertel vor zwölf wird es wieder etwas ruhiger, weil erst mal alle versorgt sind. »Noch ein Bier?«, frage ich Nils und er nickt. »Wir müssen noch über meine Idee sprechen«, sagt er dann sofort, wahrscheinlich will er dem Gespräch mit dem einsamen Typen entkommen. Außerdem ist in einer Viertelstunde seine Besuchszeit zu Ende und an einem Freitag kann man nie wissen, ob einer der beiden anderen nicht doch noch mal vorbeikommt. Ich stelle Nils sein Bier auf die Serviette. »Dann mal los«, sage ich und poliere ein Glas, das ich eben schon poliert habe. »Also«, sagt Nils, »ich brauche einen Job. Wenigstens für den Übergang, hab ich erst mal gedacht. Und dann dachte ich, dass ich gerne hier bin und dass wir uns gut verstehen und dass ich dich gern fragen würde, ob ich bei dir arbeiten darf.« Mir fällt das Glas runter. Wirklich. Obwohl das das größte Klischee ist, das es gibt, wenn ein Glas und ein Schreckmoment zusammenkommen. Es knallt vor mir auf die Theke und ein großes Stück bricht heraus. »Oh, fuck«, sagt Nils. Der einsame Typ schmunzelt und ich hasse ihn dafür. Ich werfe das Glas weg und nehme einfach ein anderes, das ebenfalls schon poliert ist, ohne Nils anzusehen. »Ich hätte nicht gedacht, dass du es gleich so schlimm findest«, sagt er. »Schlimm, schlimm«, sage ich, weil ich ja irgendwas sagen muss. »Schlimm, das ist so ein hartes Wort.« »Aber gut findest du es nicht«, sagt Nils. »Nils«, sage ich, »du bist mein Bruder, aber wenn ich dich hier arbeiten lasse, dann …« Ich mache eine Pause. »Was dann?« Ich überlege kurz. »Dann bin ich nicht mehr die Schweiz«, will ich sagen, aber zum Glück hebt vorher links von mir eine Frau, die seit etwa vierzig Minuten ein anscheinend eher unangenehmes Date absolviert, ihre Hand und gibt mir zu verstehen, dass sie gerne die Rechnung hätte. Ich beschließe, erst mal sie zu retten, bis ich mir überlege, ob ich meinen Bruder rette oder ihn hängen lasse. »Ich muss darüber nachdenken«, sage ich. »Und hier mal weitermachen.« Ich deute mit dem Kopf rüber zu der Frau, die wirklich ziemlich verzweifelt aussieht. Nils macht ein Gesicht, als hätte ich ihm die Geschwisterschaft gekündigt, und dann legt er mir einen Fünfer für das letzte Bier auf den Tresen. »Der Rest ist Trinkgeld«, sagt er und geht, ohne Tschüss zu sagen, nicht mal zu dem einsamen Typen, und ich finde das ziemlich dramatisch. Der einsame Typ sieht auch nicht mehr so amüsiert aus und ich kann nur hoffen, dass er sich jetzt aus Frust betrinkt, denn das wäre wenigstens gut für den Umsatz.

Ich habe drei Optionen. Erstens: Ich kann Nils einfach absagen. Zweitens: Ich kann Nils einstellen. Drittens: Ich kann mich in die Sache mit dem Haus einmischen. Druck machen, auf meinem Recht beharren und damit dafür sorgen, dass alle ihr Geld bekommen, inklusive Nils, der es am dringendsten braucht. Während ich dem einsamen Typen noch einen Negroni mische, wäge ich ab, welche dieser Möglichkeiten am wenigsten schlimm ist. Wenn ich Nils absage, wird er natürlich sauer sein, selbst wenn ich behaupte, dass ich niemanden brauche. Nils weiß nämlich, dass das nicht stimmt. Ich kann jemanden gebrauchen, weil Samuel und Maya meine einzigen Mitarbeiter sind, aber sich schon länger eine vierte Kraft im Team wünschen. Und die Bar läuft mittlerweile so gut, dass ich es mir gut leisten könnte. Ich könnte Nils auch sagen, dass ich ihn nicht für geeignet halte, aber das bringe ich nicht übers Herz, und ich glaube nicht mal daran. Und »Ich will weiter die Schweiz sein« ist aus meiner Warte verständlich, aber aus seiner nicht, und damit egoistisch.

Wenn ich allerdings die Sache mit dem Haus antreibe, bin ich erst recht nicht mehr die Schweiz. Wenn ich Nils anstelle, auch nicht. Jo und vor allem Philipp würden glatt durchdrehen, wenn ihr nicht neutraler Bruder auf einmal in der Bar der neutralen Schwester arbeitet.

Es gibt also kein Am-wenigsten-schlimm. Am Ende gibt es nur ein Am-schlimmsten. Am schlimmsten fände ich es, mich in die Erbschaftsgeschichte einmischen zu müssen, mit Philipp streiten, mit Gutachtern oder Maklern oder gar Anwälten sprechen und verhandeln zu müssen. Aber fast genauso schlimm fände ich es, wenn Nils sauer auf mich wäre. Es ist komisch, das zuzugeben, wenn auch nur vor mir selbst, aber Nils ist mein Lieblingsbruder. Immer schon gewesen eigentlich. Ich bin nur nie in die Verlegenheit gekommen, irgendeine meiner Entscheidungen oder Handlungen davon abhängig zu machen. Ich werde ihn anrufen müssen, jetzt gleich. Und ihm sagen, dass er bei mir arbeiten kann. »Entschuldigung«, sagt der einsame Typ mit seinem Negroni in der Hand, »der ist etwas zu bitter geworden.« »Der gehört so«, sage ich.

Im ersten Moment fühlt sich alles ganz leicht an. Nils freut sich wahnsinnig, als ich ihm zusage, er jubelt sogar und sagt mehrmals »Mein Mäuschen, du bist die Beste« und »Du bist meine Rettung«. Es ist ein ungewohntes, aber auch ein ungewohnt gutes Gefühl, solche Freude bei jemandem auszulösen, und dann auch noch bei jemandem, der mir nahesteht. Schon am nächsten Wochenende soll Nils mit dem Einarbeiten anfangen. Er besteht allerdings darauf, Jo und Philipp das vorher mitzuteilen. Mir wäre lieber, er finge einfach an und würde nie arbeiten, wenn einer der beiden da ist, aber das geht natürlich nicht. Also bestellt

Nils am Donnerstagnachmittag Jo und Philipp in die Bar, um fünf, eine Stunde bevor sie überhaupt aufmacht, und natürlich ahnen sie da nichts Gutes. Nils klärt die Fronten schon, als die beiden noch gar nicht da sind: Er stellt sich hinter den Tresen, neben mich, und da steht er dann und knetet seine Hände, als unsere Brüder durch die Tür kommen. Zusammen. Gleichzeitig. Was ich für kein gutes Zeichen halte. »Interessant«, sagt Philipp und setzt sich auf einen Barhocker. »Arbeitest du deinen Deckel ab oder ist das eine Geiselnahme?« Jo lacht. Sie haben sich noch nie so ähnlich gesehen und wirken auf einmal wie hämische Zwillinge. Die gleichen Geheimratsecken, die gleichen scharfen Gesichtszüge. Nils sieht dagegen irgendwie tollpatschig und weich aus. Aber er hat sich jetzt aufgerichtet und aufgehört, seine Hände zu kneten. »Wie wäre es erst mal mit Hallo«, sagt er. »Hallo Geschwister«, sagt Jo. »So jung kommen wir nicht mehr alle zusammen. Wir sollten was trinken, ist ja schon spät.« Er trägt noch seine Sachen aus dem Büro, was selten ist, weil er sich meistens umzieht, bevor er zu seinem Slot um acht kommt. Er hat einen grauen Anzug an und ein dunkelblaues Hemd und seine Haare zurückgekämmt. Er sieht seriöser und strenger aus als sonst, aber auch ein bisschen schmieriger. Ich mache jedem von uns ein Bier auf. »Geht aufs Haus«, sage ich. Philipp zieht die Augenbrauen hoch und nickt ein Mal anerkennend. Er hat sich anscheinend eben erst rasiert, denn er riecht nach Aftershave und hat eine kleine Wunde am Hals, an der das Blut gerade erst getrocknet ist. Philipp hat sein eigenes IT-Unternehmen und arbeitet oft im Home Office. Ich habe allerdings das Gefühl, dass er auch oft nicht arbeitet und seine Zeit mit Kummer über die Scheidung und mit Schnaps verbringt.

»Ich werde ab kommendem Wochenende hier arbeiten«, sagt Nils. »Zumindest übergangsweise, bis ich einen neuen Job gefunden habe. Wenn es mir gefällt, aber vielleicht auch dauerhaft.« Ich will ihm widersprechen, denn davon war bisher nie die Rede. Ich hole Luft und alle sehen mich an. »Weil Nils doch gerade nichts verdient«, sage ich dann, weil ich ihn nicht vor den anderen beiden bloßstellen will. Und mich auch nicht. »Ich finde, ihr solltet wissen, dass ich hier jetzt Mitarbeiter bin«, sagt Nils. »Denn immerhin könnte ich jetzt einfach da sein, wenn einer von euch kommt. Ohne zeitliche Begrenzung. Das ist euch hoffentlich klar. Und na ja, ich steige gewissermaßen in ein Familienunternehmen ein und ihr gehört ja auch zur Familie.« Meine Achseln sind innerhalb der vergangenen Minute komplett nass geworden. Das alles gefällt mir ganz und gar nicht. Nils klingt, als sei er Anteilseigner der Bar, Jo sieht aus, als hielte er die Luft an, und Philipps Mund steht offen. Dann fängt er sich und sagt: »Klasse, wirklich super, Nils«, und kurz denke ich, dass es vielleicht nicht ironisch gemeint ist. »Damit versaust du unseren ganzen Deal.« Er sieht mich an. »Und du findest das wirklich gut?«, fragt er mich und klingt dabei wie immer, wenn er mich für etwas verurteilt, wie unser Vater. Unter anderem darum vermeide ich es eigentlich, mich in irgendeine Lage zu bringen, in der mir einer der drei irgendwas vorwerfen oder infrage stellen kann, was ich tue. »Geschwister helfen sich doch«, sage ich, um nicht »ich« sagen zu müssen, und nehme einen Lappen, um den Tresen zu wischen. Ich weiß, dass Nils jetzt enttäuscht ist, weil ich nicht klar und deutlich »Ja!« gesagt habe, aber ich bin ihm wirklich schon genug entgegengekommen. »Wollt ihr neue Slots aushandeln?«, fragt Nils. »Ihr habt ja jetzt mehr Zeit zur Verfügung, wenn ihr nur noch zu zweit seid.« Philipp und Jo sehen sich kurz an. »Nein«, sagt Jo dann. »Die alten Regeln gelten hier ja anscheinend eh nicht mehr. Aber ich finde, wir sollten zumindest darüber informiert werden, wann du arbeitest. Du könntest uns den Dienstplan schicken.« »Das geht nicht«, sage ich. Hier passiert genau das, was ich befürchtet habe. Ich verliere die Kontrolle. Wenn ich einem meiner Brüder die Tür einen Spalt weit aufmache, damit er reinschlüpfen kann, kommen die anderen hinterhergerannt und stellen ihren Fuß rein. Oder treten die Tür gleich ganz auf. »Meine Dienstpläne sind vertraulich, die können nicht einfach an irgendwen rausgeschickt werden!« »An *irgendwen*?« Da ist er wieder, der Vater-Ton. Philipp schüttelt den Kopf. »An irgendwen. Also echt.« »Ich dachte, das wäre hier ein Familienunternehmen, dann wird die Familie ja wohl wissen dürfen, wann die anderen Familienmitglieder arbeiten«, sagt Jo spöttisch. »Ich schicke euch eine Mail mit meinen Schichten«, sagt Nils, der anscheinend auch eine Eskalation befürchtet. »Na prima«, sagt Philipp. »Am Ende muss ich mir ne neue Bar suchen.« »Ich mir auch«, sage ich. Die Schweiz hätte so was natürlich nie gesagt.

Nils macht sich gut, erstaunlich gut sogar. Er lernt schnell, versteht sich gut mit Maya und Samuel, und von den Gästen kommen auch keine Klagen. Erst macht er nur die Tische, aber dann will er, obwohl er selbst immer nur Bier trinkt, unbedingt mixen, und Maya bringt es ihm bei. Seltsamerweise sieht es völlig natürlich aus, wenn Nils den Shaker in den Händen hat, und wenn er nach dem Schütteln leicht mit dem Handballen draufschlägt, um das Mixglas zu lösen, könnte man meinen, er würde schon Jahre hier arbeiten. Er ist ein Naturtalent, das muss ich zugeben, aber das tue ich nur vor mir selbst. Maya hingegen ist ganz aufgeregt. Sie trinkt einen Schluck von dem Horse's Neck, den Nils gerade gemixt hat, und schließt verzückt die Augen. »Nils, dich hat der Himmel geschickt!« »Ja«, sagt Nils und grinst. »Schwule mögen sie da oben nicht so gerne, darum bin ich hier gelandet.«

Maya lacht und legt ihm die Hand auf den Arm und Nils sieht mich an, als wolle er auch von mir ein Lob bekommen. Aber ich nicke nur und drehe mich weg. So kann ich wenigstens vor mir selbst die Illusion bewahren, hier, in meiner Bar, und vor allem hier, hinter meinem Tresen, sei neutraler Boden.

Philipp und Jo kommen seltener. Das liegt natürlich auch daran, dass Nils oft arbeitet, aber wahrscheinlich sind sie vor allem beleidigt und es geht ihnen ums Prinzip. Es ist beinahe ein Boykott. Aber ein Mal die Woche tauchen sie dann doch auf – und zwar immer zu zweit. Sie sitzen nebeneinander an der Bar und reden nur mit mir, wenn sie etwas bestellen. Meistens reden sie nicht mal viel miteinander, sondern wischen auf ihren Handys rum, Jo liest manchmal sogar die Zeitung, obwohl das Licht dafür eigentlich viel zu schlecht ist. Und Philipp schaut mir phasenweise einfach bei meiner Arbeit zu, was mich extrem nervös macht, sodass ich ab und zu mit Maya die Seiten tausche, um aus seinem Blickfeld verschwinden zu können. Am Ende lassen sie anschreiben und gehen gemeinsam. »Langsam werden sie mir gruselig«, sagt Maya an einem dieser Abende. »Die sind wie die grauen Herren bei Momo oder so.« Ich zucke bloß mit den Schultern und sage: »Einfach ignorieren.« Dabei schaffe ich das selbst am wenigsten.

Ein paar Wochen lang ist alles ruhig und ich gewöhne mich an die neue Situation. Mehr oder weniger. Immerhin gibt es keine Streite mehr an der Bar, zumindest nicht unter meinen Brüdern, und auch keine Beschwerden. Nils macht einen guten Job und Jo und Philipp kommen und schweigen und trinken und lassen anschreiben und ich habe nicht die Nerven, ihnen zu sagen, dass sie endlich mal wieder bezahlen müssen. Sie lassen auch bei Maya anschreiben, die sich natürlich nicht in irgendwelche Familienangelegenheiten einmischen will, aber mich mehrmals vorsichtig darauf hinweist, dass die Zechschulden der beiden langsam ein Maß erreichen, das wir eigentlich nicht mehr akzeptieren können. Ich weiß das, aber ich weiß auch, was passiert, wenn ich auf dem Geld bestehe. Darum drücke ich mich jedes Mal wieder davor, mache weitere Striche auf den beiden Bierdeckeln und drehe sie anschließend um, um sie besser vergessen zu können.

Ich bin müde heute, weil ich gestern nach der Sperrstunde noch zwei Stunden lang im Büro Buchhaltungskram erledigt habe. Es ist jetzt Viertel nach fünf und in einer Viertelstunde kommt Maya, die ab sechs Schicht hat. Ich werde sie fragen, ob sie erst mal alleine klarkommt, damit ich mich hinten noch mal kurz aufs Sofa legen kann. Ich schneide Limetten und denke an nichts, das ist die beste Methode, um sich keine Sorgen zu machen. Dann geht die Tür auf und Nils kommt rein. »Hey«, sagt er. »Hey?«, sage ich. »Kommst du nicht erst um acht?« »Wir haben getauscht«, sagt Nils, als sei nichts dabei, wirft seine Jacke über den Tresen und kommt hinter die Bar. »Hatte Maya das nicht erwähnt?« Eigentlich wäre auch nichts dabei. Wer von den beiden arbeitet, ist tatsächlich egal, Nils ist mittlerweile schon genauso schnell und zuverlässig wie Maya. Aber ich muss sofort an Jo und Philipp denken. »Nein, hat sie nicht«, sage ich. »Aber hast du das deinen Brüdern gesagt?« »Nee, vergessen«, sagt Nils und sortiert die Flaschen in der Schublade um, weil er Linkshänder ist und alles, was er am häufigsten braucht, auf die linke Seite der Schublade stellt, wenn Maya es am Vorabend nach rechts gestellt hat. Ich glaube, jeder von ihnen könnte sich leicht umgewöhnen und sich auf das System des anderen einstellen, aber irgendwie ist das auch so eine Art Spiel zwischen ihnen. Ich lasse ihn fertig sortieren. »Vielleicht schreibst du ihnen jetzt noch kurz, dass du früher da bist?«, frage ich dann und finde mich selbst bescheuert. Das ist nicht meine Sache und ich wollte nie, dass es zu meiner wird. Nils gießt sich eine Cola ein und sieht mich an. Er lehnt am Tresen und es sieht völlig selbstverständlich aus. Das Licht über ihm lässt seine braunen Haare rot schimmern, das eine Bein hat er locker über das andere gelegt, er hat Augenringe, aber einen wachen Blick. Die Ärmel seines Jeanshemdes hat er hochgekrempelt und um das Handgelenk trägt er ein schmales, rot-grünes Band, das Amir ihm mal geschenkt hat, aber ich habe vergessen, warum und was es bedeutet. Nils passt dorthin, an die Bar. Am liebsten würde ich ihm ein anderes Glas in die Hand drücken und ein Foto machen, das wir dann auf unsere Homepage stellen. »Wenn sie kommen, kommen sie«, sagt Nils. »Das ist ein freies Land und eine freie Bar.« »Wie du meinst«, sage ich.

Donnerstage sind gute Tage, die Menschen fühlen sich schon fast im Wochenende, aber die meisten müssen am nächsten Tag noch mal raus. Das ist eine gute Mischung, weil die ersten Gäste früh kommen und die letzten spät gehen, aber der Laden nie überfüllt ist und die meisten angenehm viel trinken und dann noch rechtzeitig den Absprung schaffen. Also guter Umsatz mit wenig Eskalationspotenzial. Auch heute kommen die erste Gäste schon um kurz nach sechs: ein Paar, das regelmäßig da ist, immer an der Bar sitzt und sich angeregt unterhält. Manchmal beneide ich die beiden, weil sie so unbefangen und vertraut miteinander umgehen und sich miteinander nie zu langweilen scheinen. Manchmal legt sie ihren Kopf an seine Schulter, er küsst ihren Scheitel und sie schließt kurz die Augen und lächelt, und das trifft mich jedes Mal so sehr, dass ich mit irgendeiner Übersprungshandlung reagiere, Gläser poliere oder Limetten schneide oder Nüsse verteile. Heute habe ich aber kaum Gelegenheit, sie zu beobachten, weil um Viertel nach sechs Philipp durch die Tür kommt. Und hinter ihm Jo, noch im Anzug und mit einer Zigarette hinter dem Ohr, was schrecklich albern aussieht. Philipp ist sehr grau im Gesicht, noch grauer als vorige Woche, und da war er schon grauer als vorletzte Woche, und rasiert hat er sich auch länger nicht. Die beiden könnten ein Vorher-nachher-Bild sein, ich weiß allerdings nicht, in welche Richtung. Sie hängen ihre Jacken an die Garderobenhaken neben der Tür und kommen an die Bar. Jo merkt es zuerst. »Hey«, sagte er, »haben wir da was übersehen?« »Bitte?«, sage ich. Aber Jo beachtet mich gar nicht. »Nils«, ruft er quer über die Bar, »was machst du denn heute so früh hier?« Nils kommt rüber. »Arbeiten«, sagt er. Er verschränkt die Arme und sieht seine Brüder an, als erwarte er noch eine Frage. Oder einen Vorwurf. Oder irgendwas. »Ich seh nicht ein, jetzt wieder zu gehen«, sagt Philipp, obwohl das ja niemand von ihm verlangt hat. »Ich würde gern was trinken.« Es ist nicht ganz klar, ob er mit Jo spricht oder mit Nils oder vielleicht sogar mit mir. Das Paar sitzt im rechten Winkel zu den beiden und schaut rüber. Sie kennen meine Brüder vom Sehen und fragen sich jetzt sicher, warum hier so schlechte Stimmung herrscht. »Wieso sollten wir gehen?«, fragt Jo, der sich anscheinend am ehesten angesprochen gefühlt hat. »Einen Old Fashioned für mich.« »Für mich auch«, sagt Philipp. Nils schüttelt den Kopf. »Wie wäre es mit ›bitte‹ oder mit ›ich hätte gerne‹ oder so?« »Sag du mir nicht, wie man hier zu bestellen hat«, sagt Philipp. Ich will gerade den Bourbon aus dem Regal holen, als Nils seine Hand auf meinen Arm legt. »Ich kümmere mich drum, übernimm du doch einfach die andere Seite.« Ich schaue ihn an und wieder fällt mir kein Argument ein, ihm zu widersprechen, außer »Ich will das nicht« oder einfach nur »Nein«, aber »Nein« ist ja kein Argument. Darum sage ich nichts und Nils nickt mir aufmunternd zu.

Drei Drinks lang schweigen sich die drei an. Ich hatte damit gerechnet, dass Jo und Philipp Nils triezen würden, die Drinks reklamieren oder ihn dauernd mit Nachfragen oder Sonderwünschen nerven. Aber nichts davon passiert. Die Bar füllt sich. Das Paar schielt zu meinen Brüdern rüber. Sie sagt ihm etwas ins Ohr, er lacht leise und flüstert etwas zurück, sie lacht auch leise, dann isst sie eine Wasabinuss und muss niesen. Jo schaut von seinem Handy auf und sagt »Gesundheit«. »Danke«, sagt die Frau und als Jo wieder auf den Display schaut und seine Nase im Gegenlicht weiß leuchtet, schaut der Mann seine Freundin amüsiert an. Sie schlägt ihm spielerisch mit dem Handrücken auf den Bauch.

Um Viertel vor neun steht Philipp auf, holt die Jacken vom Haken und bringt sie rüber zur Bar. Ich schüttele den Shaker mit beiden Händen im Rhythmus des Songs, der gerade läuft, das beruhigt mich immer. Nils stellt drei Freundinnen, die links von ihm über Eck sitzen, ihre Gläser hin, und geht dann zu seinen Brüdern, die sich beinahe in Zeitlupe ihre Jacken anziehen, Jo seinen Mantel und Philipp seine ranzige Lederjacke. »Ihr müsst noch zahlen«, sagt er. Jo winkt ab. »Wir lassen noch mal anschreiben.« »Nein, ihr lasst nicht noch mal anschreiben«, sagt Nils. Er nimmt die Deckel der beiden, die wie immer mit der Vorderseite nach unten unter dem Tresen liegen, und sieht sie sich an. Seine Lippen bewegen sich, er rechnet die verschiedenen Drinks zusammen. »Jeder von euch hat beinahe dreihundert Euro Schulden hier«, sagt er dann. »Trinkgeld nicht mitgerechnet!« »Ja, und?«, sagt Philipp. »Wir sind doch Familie!« »Ihr seid Gäste in einer Bar«, sagt Nils. »Und ich bin hier der Barkeeper.« Er ist etwas zu laut geworden. Die Freundinnen haben ihr Gespräch unterbrochen und schauen besorgt rüber. Das Paar sieht gespannt aus, ein bisschen wie im Kino, sie hat ihr Kinn auf seiner Schulter abgelegt. Sie sind bereit für die Show, die jetzt kommt. Von der ich aber nicht will, dass sie kommt. »Nils«, sage ich, »lass gut sein. Lass sie anschreiben, wir klären das beim nächsten Mal.« »Das hast du schon mal gesagt und dann nicht geklärt!« »Woher willst du das wissen?« »Maya hat's mir gesagt.« Ich merke, wie ich wütend werde. Nicht nur zwei meiner Brüder haben sich gegen mich verschworen, sondern auch noch meine Angestellte mit meinem dritten Bruder und Angestellten. »Dann klärt das wenigstens vor der Tür«, sage ich, weil ich mich vor meinen Gästen schäme. Nils schüttelt den Kopf. »Nee, mein Mäuschen, nee. Jo und Philipp haben in dieser Bar getrunken und sie haben in dieser Bar Schulden und ich arbeite in dieser Bar und habe sie in dieser Bar heute bedient, also will ich verdammt noch mal hier und jetzt, hier drin, ihr Geld haben.« Unfassbar, dass er mich in dieser Situation »mein Mäuschen« nennt. Unfassbar, dass er sich als Chef aufspielt. Und unfassbar, wie Jo und Philipp dastehen, die Jacken offen, anscheinend nicht bereit, zu bezahlen oder einfach zu gehen, sondern das hier weiterzutreiben und eskalieren zu lassen. Jo hat die Hände in die Manteltaschen gesteckt und grinst. Ich habe immer noch den Shaker in der Hand und weiß gerade nicht mehr, für wen ich eigentlich was mixe. Weil ich nicht weiß, was ich tun soll, und irgendwie auch, damit ich nicht vor Wut explodiere, schüttele ich einfach weiter. »Hör mal, Nils«, sagt Philipp, und seine Zunge ist schwer, »das hier ist nicht deine Bar. Sie gehört deiner Schwester. Also spiel dich hier nicht so auf. Und du«, er sieht mich an, »könntest deine Mitarbeiter auch ein bisschen besser im Griff haben. Was bist du eigentlich für ne Chefin?« Jo lacht. »Aber du konntest dich halt noch nie durchsetzen.« Ich schüttele und versuche, ruhig zu atmen. »Ey«, sagt Nils, »fang jetzt nicht so an, Phili…« »Ist doch so!«, sagt Philipp und hält sich an der Bar fest. »Immer hält sie sich aus allem raus, immer die Schweiz, Schweiz, Schweiz my ass! Wenn sie in der Lage wäre, wenigstens mal ein kleines bisschen Stellung zu beziehen, hätte ich meine scheiß Schulden doch längst bezahlt! Aber wer immer einknickt, der kann nicht erwarten, dass die Leute ihn respektieren. Das sind die Gene unserer Mutter, Duckmäuser-Gene, keinen Schneid, keinen Arsch in der Hose.« Mit Schwung knalle ich den Shaker vor Philipp auf den Tresen, er macht einen Satz zurück und sieht dabei aus wie irgendeine blöde Comicfigur. Jo nimmt die Hände aus den Taschen und macht eine beschwichtigende Geste. »Heyheyhey«, sagt er. »Halt die Klappe!«, zischt Nils. Ich halte mich am Shaker fest, um nicht zu zittern. Ich spüre, dass alle uns anstarren, aber ich versuche, das zu ignorieren und einfach nur zu sagen, was mir spontan einfällt, ohne nachzudenken, denn wenn ich nachdenke, verstecke ich mich als Nächstes bloß unter der Bar und poliere Gläser. »Ihr seid zwei Vollärsche«, sage ich, weil das das Erste ist, was mir einfällt, »die immer nur auf den eigenen Vorteil bedacht sind. Wenn es nur nach mir ginge, Philipp, könntest du das scheiß Haus behalten und dich da drin zusaufen, bis bei dir die Lichter ausgehen, das ist meine ganz persönliche Meinung. Aber weil es eben nicht nur nach mir geht und außerdem aus Prinzip, finde ich, dass du dich jetzt verdammt noch mal endlich darum kümmern solltest, es schätzen zu lassen oder zu verkaufen oder es in die Luft zu sprengen und danach in die Klapse zu gehen, mir egal, Hauptsache, du kümmerst dich irgendwie und schaffst das Geld ran, das uns zusteht. Dein lieber Bruder Jo, mit dem du dich jetzt dauernd so gut stellst, wartet ja nur drauf, dass du nicht mehr klarkommst und er einziehen und da endlich mal wieder seine vertrocknete Freundin vögeln und Familienglück spielen kann, das es da wegen schlechter Aura oder so vermutlich eh nie geben wird.« Ich muss kurz durchatmen, aber niemand nutzt die Pause, um etwas zu sagen. Philipp starrt mich an und Jo hat die Hände wieder in die Manteltaschen gesteckt und den Kopf gesenkt. Ich sehe, dass seine Kieferknochen mahlen. Ich nehme den Shaker wieder von der Bar und halte mich weiter daran fest, weil er eine Waffe ist, mit der ich umgehen kann. »Und noch was«, sage ich und werde dabei wieder ein bisschen leiser. »Wenn ihr in meiner Bar trinkt, dann habt ihr euch an die Regeln zu halten, die meine Mitarbeiter euch vorgeben, auch, wenn die Mitarbeiter zufällig aus der gleichen Gebärmutter gekrochen sind wie ihr.« Ich schüttele den Shaker ein wenig. »Du kannst mich mal mit deinen Regeln«, sagt Philipp und ich sehe den Elfjährigen mit den strähnigen dunklen Haaren, den Katzenaugen und dem kleinen Mund, der grinst. Den Elfjährigen, der beim Uno bescheißt und als ich mich beschwere, dass er nicht zwei +2-Karten zusammen ablegen kann, sagt: »Die Regeln wurden vor fünf Minuten vom Uno-Erfinder geändert, hat er mir per Telepathie gesagt!« Ich sehe mich, wie ich sage, dass das nicht stimmt und dass das gemein ist, und ihn, wie er alle seine Karten auf einmal auf den Stapel legt und »Gewonnen!« sagt und aufspringt und mich am Pferdeschwanz zieht und wegläuft und »Heulsuse!« ruft, obwohl ich nur ganz leise weine und er das weder hören noch sehen kann. Wie ich zu meinem Vater laufe und petze und wie der »Ach, lass doch den Rabauken« sagt und mir ein Mal über den Scheitel streichelt. Damals war ich unglücklich, aber unglücklich macht mich Philipp schon lange nicht mehr. Unglücklich ist er ja selbst genug, das reicht für uns alle. Ich knalle den Shaker wieder auf den Tresen und beuge mich rüber. Philipp macht noch einen Schritt zurück. »Nein, *du* kannst *mich* mal. Und du hast ab sofort Hausverbot. Du und dein beschissener Bruder auch. Wenn ihr auch nur noch ein Mal einen eurer verfickten Füße in diese Bar setzt, dann schmeiße ich euch sofort wieder raus oder rufe die Polizei.« »Hoffentlich geht ihr bankrott«, sagt Philipp, dreht sich um und geht. »Deine Drinks sind eh große Scheiße!«, ruft er im Gehen, bevor er versucht, die Tür hinter sich zuzuknallen, was nicht geht, weil der Stopper sie aufhält. Darum führt Philipps ruckhafte Bewegung ins Leere und die Tür fällt langsam ins Schloss wie immer. Nils legt mir eine Hand auf den Arm und ich schaue ihn kurz an. Er sieht aus, als habe er Mitleid mit mir. Dann schüttele ich seine Hand mit einer Drehung meiner Schulter ab. »Und du?«, frage ich Jo. Er schaut auf und scheint nachzudenken. Aber ihm fällt wohl nichts ein, was er sagen könnte. Er schwankt kurz auf der Stelle, dann dreht auch er sich um und geht. Langsamer als Philipp, fast bedächtig, und auch hinter ihm fällt die Tür leise zu. »Für wen war eigentlich dieser fucking Drink?«, frage ich und schaue den Shaker in meinen Händen an. »Für mich«, sagt die Frau aus dem Paar und hebt vorsichtig die Hand. »Aber ist schon okay, wir würden dann zahlen.«

In zwei Wochen ist der Termin mit dem Gutachter. Philipp hat uns allen die Mail mit dem Termin weitergeleitet. Grußlos, aber mit dem Zusatz: »Ich denke, wir sollten alle da sein, um das hinter uns zu bringen.« Eigentlich will ich nicht in das Haus, aber wenn das der Preis ist, den ich zahlen muss, um danach endgültig meine Ruhe zu haben – meinetwegen.

Philipp und Jo sind seit dem Abend, als ich ihnen Hausverbot erteilt habe, nicht mehr gekommen. Und bis auf die Gutachter-Mail habe ich auch von keinem der beiden etwas gehört. Sie haben immer noch Schulden in der Bar, darauf werde ich sie beim Gutachtertermin wohl ansprechen müssen. Das Paar kam zwei Tage nach dem Streit wieder und die Frau hat mich beim Bestellen strahlend angelächelt und gesagt: »Du warst wahnsinnig cool vorgestern.« Ich habe »Danke« gesagt und mich dann schnell ums Mixen gekümmert, weil ich nicht wusste, wie ich das Gespräch weiterführen sollte. Nils hat sich sogar noch bei mir bedankt. »Danke, dass du auf meiner Seite warst«, hat er gesagt. »Das ist ja nix Neues«, habe ich gesagt, dabei ist es eigentlich schon etwas Neues, zumindest, dass ich es so aktiv getan habe. »Aber denk das nächste Mal dran, dass ich die Chefin bin. Ich entscheide, von wem wir wann welche Schulden eintreiben. Und mit wem wir in meiner Bar wann streiten. Klar?« »Klar«, hat Nils gesagt, und damit war die Sache erledigt. Zwei Wochen später ist er übers lange Wochenende mit Amir in den Kurzurlaub gefahren. Nachdem er schon wieder zurück war, kam in der Bar eine Postkarte an. Wasser, Sonne, im Hintergrund Berge, darüber der Schriftzug »Silsersee«. Hintendrauf fünf Worte über den mit einem &-Zeichen verbundenen Unterschriften der beiden: »Viele Grüße aus der Schweiz!« Ich habe sie im Büro an die Pinnwand gesteckt.

Ach, du bist's

Ich mache die Tür auf und da stehst du.

»Hallo«, sagst du.

Du bist einen Kopf größer als ich und hast kein schönes Gesicht. Zumindest sind die Einzelteile nicht so schön. Die Nase ist ein bisschen zu breit, die Zähne sind ein bisschen zu groß, die Lippen sind ein bisschen zu schmal, vor allem die obere, die Augen sind ein bisschen zu klein und die Ohren könnten eine Spur dezenter sein, wenn man mich fragt, da ist etwas viel Ohrläppchen dran. Aber es fällt mir gleich auf, dass die Einzelteile, zusammen betrachtet, so als Komposition, irgendwie gut funktionieren, und das ist schön. Der Abstand zwischen Nase und Mund ist groß und die Falte dort tief, das ist ganz niedlich. Um die Ohren legen sich die Haare in ganz sanften, braunen Wellen, die kleinen Augen sitzen auf hohen Wangenknochen, und wenn du ein bisschen schief lächelst, so wie jetzt, betonen die schmalen Lippen die großen Zähne auf eine Art, die total richtig aussieht. Du siehst nett aus. Sehr nett sogar. Wie fertig geformt ohne arg viel Mühe, aber halt solide, irgendwie brauchbar. Du erinnerst mich an ein freundliches Tier, ich weiß nur gerade nicht, an welches. An einen Pandabären vielleicht?

»Was möchten Sie?«, frage ich und ich sieze dich, weil ich ja noch nicht weiß, dass du du bist.

»Äh«, sagst du und dein Lächeln verschwindet kurz in einem Biss deiner großen Zähne auf deine Unterlippe. Niedlich. »Ich bin's. Johann. Wir hatten telefoniert?«

Du hast die letzte Silbe ein bisschen nach oben gezogen, jetzt steigt sie wie eine Seifenblase zwischen uns auf. Also, nicht wirklich natürlich, aber ich stell's mir halt gerade so vor. Darum pikse ich mit dem Finger in die Luft, um die Seifenblase zerplatzen zu lassen, und sage: »Ach, du bist's! Ich dachte, du kommst erst morgen.«

»Aber hatten wir nicht Samstag …«, sagst du und schaust auf die Stelle zwischen uns, an der die Seifenblase eben zerplatzt ist.

»Ich dachte Sonntag«, sage ich. »Aber ist ja auch egal, komm halt rein.«

Ich trete zur Seite und strecke meinen Arm in die Wohnung, und würde nicht ich das machen, sondern jemand mit einer weniger schlechten Körperhaltung und gewaschenen Haaren, dann wäre das bestimmt ein bisschen galant. So nennt man das doch, oder? Galant?

Du gehst an mir vorbei und streckst dabei deinen Kopf ein bisschen nach vorne, vorsichtig sieht das aus, als würdest du erst mal schnuppern wollen, ob alles in Ordnung ist drin, bevor du den Rest deines Körpers reinholst. Ich kann sehen, dass deine Körperhaltung genauso schlecht ist wie meine. Vielleicht haben wir das von unserem Vater. Du müsstest das wissen, ich weiß es nicht, vielleicht frage ich nachher mal danach. »Rechts geht's in die Küche«, sage ich und mache die Wohnungstür zu. »Schuhe kannst du anlassen.«

In der Küche stehst du unschlüssig rum, ein bisschen unbeholfen. Anscheinend muss man dir Anweisungen geben, das finde ich sympathisch. Manche Menschen sind da nicht so, die gehen wo rein und nehmen sich gleich mal ein Glas aus dem Schrank, und du bist immerhin mein Bruder und in der Wohnung der eigenen Schwester, da macht man so was doch einfach. Aber du nicht. Ich bin schon jetzt gerne mit dir verwandt, echt. Und damit du nicht länger rumstehen musst, sage ich: »Setz dich einfach.«

Du setzt dich an meinen Küchentisch, nein, eigentlich setzt du dich neben meinen Küchentisch, auf den Stuhl ans Kopfende, aber mit dem Rücken zur Wand, an der der Tisch steht. Du legst einen Arm auf die Rückenlehne des Stuhls und den anderen auf den Tisch und schaust in den Raum mit deinen kleinen Knopfaugen. Niedlich. Du schlägst ein Bein über das andere und das sieht nicht besonders männlich aus, das gefällt mir. Deine Hose ist dunkelblau wie ein sehr schöner Abend und ich stelle mir vor, wie du in einem solchen Abend verschwindest wie ein Chamäleon. Ich muss grinsen deswegen, während ich dir auf die Hose schaue, und du schaust dann auch hin, in deinen Schoß, und dann zu mir, mit gerunzelten Augenbrauen, und du setzt an, etwas zu sagen, aber ich bin schneller.

»Kaffee?«, frage ich.

»Ja. Gern«, sagst du.

Ich fange an, Kaffee zu machen, und merke dabei, dass ich gerade sehr froh bin, dass du da bist und dass ich jetzt einen Bruder habe, jemanden, der zu mir gehört. Dabei fällt mir ein, dass ich gar nicht so genau weiß, warum du mir eigentlich geschrieben hast, du hast ja fast dreißig Jahre ohne mich gelebt und ich genau dreißig ohne dich, und keiner wusste, dass es den anderen gibt.

»Warum hast du mir eigentlich geschrieben?«, frage ich darum. »Hast doch fast dreißig Jahre ohne mich gelebt.«

Es ist ganz gut, dass ich gerade Kaffee mache, denn dann stehe ich mit dem Rücken zum Raum und zu dir und muss dich nicht anschauen, wenn ich mit dir spreche. Fällt mir immer leichter, wenn ich beim Sprechen keinen anschauen muss, obwohl ich ansonsten immer viel anschaue, so generell, Menschen, Tiere, Dinge.

»Na ja«, sagst du, »ich hatte neulich ein langes Gespräch mit meinem Vater, über seine Vergangenheit und so, und da habe ich erfahren, dass er vor der Ehe mit meiner Mutter schon mal ein Kind gezeugt … also, eine Tochter gekriegt hat. Und dann fand ich spannend rauszufinden, wer du bist und so.«

Jetzt, wo ich dich nicht sehe, sondern nur höre, bist du nur eine Stimme, und die ist ein bisschen rau und ein bisschen brüchig, manchmal schert ein Ton nach oben aus, wie ein quietschendes Scharnier. Und während ich das Kaffeepulver in den Kaffeefilter fülle, kann ich mir auf einmal sehr gut vorstellen, wie du schwer atmest und dabei ein Hauch dieser Stimme durchkommt, und wie sie dann irgendwann ganz durchbricht, durch die Atemwand, und du ein heiseres, kratziges Geräusch machst, so eins, das man macht, wenn jemand einem die Kuhle zwischen Hals und Schulter küsst. Und dabei wird mir warm, und ich bereite mich darauf vor, mich gleich umzudrehen und genau diese

Stelle an deinem Körper nicht anzusehen. Weil ich sonst nämlich bestimmt rot werde.

»Okay. Und wie war dein Leben bisher so?«, frage ich.

Kann sein, dass das eine dumme Frage ist, aber ich musste schnell was sagen, damit es in meinem Kopf nicht weitergeht. Der Plan geht allerdings nicht auf, es wird nämlich alles noch schlimmer, weil: Du kicherst jetzt, es klingt ein bisschen nervös. Du findest wohl lustig, was ich gesagt habe, und dein Kichern ist ganz klar, ohne Kratzer und Brüche. Und meine Knie werden ein bisschen weich. Dachte immer, das gibt's gar nicht in echt, weiche Knie. Aber hier sind sie, in der Mitte meiner Beine.

Ich schalte die Kaffeemaschine an.

Dann drehe ich mich um.

Ich schaue auf die Kuhle zwischen deinem Hals und deiner Schulter und dann in dein Gesicht. Du lächelst, das Lächeln ist vom Kichern übrig geblieben, und als du siehst, dass ich nicht grinse, beißt du dir wieder auf die Unterlippe. Du beißt das Grinsen weg und schluckst es runter.

»Du kennst ihn gar nicht, oder?«, fragst du.

»Wen?«, frage ich. Auch eine dumme Frage. Aber die andere war, glaube ich, dümmer, falls man das vergleichen will.

»Meinen Vater«, sagst du und dann: »Unseren.«

»Nee.«

»Willst du was über ihn wissen?«

»Ja. Erzähl doch mal«, sage ich. Dabei stimmt das gar nicht. Ich möchte viel lieber was über dich wissen.

Du erzählst. Und ich erfahre dabei über unseren Vater:

– Dass er sehr groß ist und ein bisschen dick.

– Dass ich ihm überhaupt nicht ähnlich sehe und du ein bisschen.

– Dass er Filialleiter eines Supermarkts ist.

– Dass er oft krank ist und mal in einer Klinik war.

– Dass er gerne Hähnchenschenkel isst und vor der Zeit in der Klinik mal drei Wochen lang nur Hähnchenschenkel gegessen hat.

– Dass deine Mutter und er noch zusammenleben, es aber keine besonders tolle Ehe ist.

– Dass es immer ein bisschen besser ist, wenn sie in Urlaub fahren.

– Dass sie dann immer nach Österreich fahren, in die immer gleiche Ferienwohnung im immer gleichen Ort.

Und während du erzählst, erfahre ich auch Dinge über dich:

– Dass du gut erzählen kannst.

– Dass sich dein Gesicht nicht so viel bewegt, wenn du sprichst, bis auf den Mund natürlich.

– Dass du ein etwas zu scharfes S sprichst, so als wärst du aus Schwaben und hättest dir den Dialekt abgewöhnt (du bist aber gar nicht aus Schwaben).

– Dass das mit dem Biss auf die Unterlippe ein bisschen ein Tick von dir ist, du machst es nämlich immer wieder und ich krieg langsam Gänsehaut davon (also, gute Gänsehaut).

– Dass du, je länger du redest, immer weniger niedlich und immer mehr erwachsen bist. Aber trotzdem auch noch niedlich.

– Dass du auch gerne Hähnchenschenkel isst und damals noch zu klein warst, um zu verstehen, dass dein Vater ein Problem hat, und dich darum gefreut hast, jeden Tag Hähnchenschenkel essen zu können.

Und dann sagst du: »Heute geht's ihm ganz gut, aber ich sehe ihn auch nur selten. Na ja, er hat sich halt auch fast nie um mich und meine Schwester gekümmert, meine Mutter hat immer alles gemacht.«

»Du hast eine Schwester?«, frage ich und erfahre dabei über mich:

- Dass es ungefähr in der Mitte meines Körpers leicht brennt und mir heiß wird.

»Ja. Meike. Sie ist zwei Jahre jünger als ich«, sagst du und lächelst mich ein bisschen an.

Ein Koalabär! Das ist das Tier, an das du mich erinnerst.

»Aber ich bin doch deine Schwester.«

Dein Lächeln verschwindet, du beißt dir auf die Unterlippe und schluckst es wieder runter, ich stelle mir vor, dass du davon vielleicht Bauchschmerzen bekommen könntest, aber keine Sorge, ich hab auch Tee da. Du siehst mich an und runzelst wieder die Augenbrauen. Das sieht nicht sehr koalamäßig aus, Koalabären können das nicht, die haben nämlich gar keine Augenbrauen. Aber die haben sicher auch nie einen Grund, so zu gucken, da in Australien.

»Du bist meine Halbschwester, ja«, sagst du und dann lächelst du wieder ein bisschen. Sieht aber angestrengt aus. Ich fänd's schöner, wenn du dich entspannen würdest.

»Bin ich wie sie?«

Du schaust mich mit Runzelbrauen an. Ich glaube, du kommst mit meinen Fragen nicht klar. Dabei bist du mein Bruder, du solltest damit klarkommen, und außerdem würde ich gerne deinen Arm anfassen, der auf dem Tisch liegt. Er schaut aus dem Hemdsärmel raus, den du umgekrempelt hast, und es sind feine Härchen drauf, und die Haut sieht ganz weich aus, fast so weich wie deine Haare, aber auf eine andere Art weich natürlich.

»Wie meinst du?«, fragst du.

»Magst du Meike?«

»Ja, ich meine, sie ist meine Schwester, klar mag ich …«

»Und magst du mich auch?«

Du bist kurz still und nimmst den weichen Arm vom Tisch. Du hältst die Hände im Schoß und schaust hinein und lächelst wieder so ein bisschen gezwungen. Wenn du nicht aufpasst, fällt dir dein Lächeln in den Schoß, bevor du es runterschlucken kannst. Das stelle ich mir lustig vor und muss grinsen deswegen.

»Äh«, sagst du, »weiß nicht, ich kenn dich ja noch gar …«

»Der Kaffee ist fertig!«, sage ich. Es macht mir Spaß, schneller zu sein als du. »Milch? Zucker?«

Wir sitzen am Tisch und trinken Kaffee. Du am einen Ende, ich am anderen, und ich habe mich gegen die Wand gelehnt, so wie du. Manchmal schau ich rüber zu dir, aber du schaust in den Raum. Dann sehe ich dein Ohr an, immer noch etwas zu groß, wenn man mich fragt, aber die Haare drumrum würde ich gerne anfassen. Vielleicht würde das auch dagegen helfen, dass du jetzt so angestrengt aussiehst. Schöne Haare sind das, weiche Haare bestimmt, feine Haare, Haare, die mit mir verwandt sind, sie sind mir also automatisch schon nah. Und deine Ohren sind auch mit mir verwandt und die Kuhle zwischen Hals und Schulter und der Bauch und die Brust und die Knie. Also, alles nur halb, wegen Halbgeschwister, aber trotzdem mehr, als jetzt zum Beispiel die Knie von meinem Nachbarn mit mir verwandt sind. Mir wird wieder ganz warm und ich lege meinen Arm ausgestreckt auf den Tisch, aber er ist zu kurz und langt nicht bis rüber an deinen. Ich lasse ihn trotzdem liegen und schaue meine Hand an. Wenn du deinen Arm auch ein bisschen ausstreckst, dann könntest du meine Hand nehmen, das wär doch schön.

Du räusperst dich.

»Und du so? Erzähl mal was von dir, was machst du so?«

Deine Fragen sind viel besser als meine, finde ich, und während du fragst, siehst du kurz rüber zu mir, aber als sich unsere

Augen treffen, schaust du schnell auf die Tischplatte und dann wieder in den Raum.

»Grad nicht so viel«, sage ich, und das ist mir ein bisschen peinlich, weil man andere Menschen ja nur beeindrucken kann, wenn man irgendwas macht. »Aber bald wieder mehr!«, sage ich darum auch noch und sehe dich an. Ich will, dass du mich auch ansiehst, aber machst du nicht. Darum rede ich weiter und meine Hand liegt da, bereit für deine.

»Ich hab mal BWL studiert und dann aber abgebrochen, war nicht so meins. Danach Kulturwissenschaften, fand ich aber auch nicht so. Dann hab ich eine Ausbildung gemacht, zur Buchhändlerin, und das bin ich jetzt, Buchhändlerin, aber gerade nicht, weil der Laden zugemacht hat, in dem ich gearbeitet habe. Jetzt krieg ich Arbeitslosengeld und müsste mich mal bewerben, aber vielleicht mach ich auch noch mal was ganz anderes. Ich nähe supergerne und dachte, ich kann vielleicht so einen Online-Shop aufmachen?«

Ich habe die letzte Silbe ein bisschen nach oben gezogen, das hast du sicher gehört, aber ich lass die Seifenblase diesmal in Ruhe und hoffe, dass du mir jetzt gleich antwortest. Aber machst du nicht. Du sagst bloß: »Interessant.«

»Was meinst du? Soll ich?«, frage ich.

»Was?«, fragst du und siehst mich noch mal kurz an, deine Augen sind wirklich winzig, man muss sie fast suchen. Du müsstest mich näher an dich ranlassen, dann wär's leichter, sie genauer anzusehen.

»Einen Online-Shop aufmachen«, sage ich.

»Äh, weiß nicht, ja, bestimmt, wenn du Lust hast.«

Du hältst deine leere Kaffeetasse in der Hand und drehst sie und schaust hinein, und wenn du den Kopf so gesenkt hältst, dann hast du ein kleines Doppelkinn und das würde ich gerne streicheln. Es hat nämlich einen Bartschatten und Bartschatten fühlen sich unter den Fingern immer so schön an, wie sehr feines Schmirgelpapier. Ich könnte meine Finger ein bisschen daran abschmirgeln, du müsstest mich nur kurz lassen. Sich die Finger am Bartschatten des anderen abschmirgeln, das machen Geschwister doch sicher, oder?

Du merkst, dass ich dich anschaue, und schaust deswegen zurück, aber wieder so ganz kurz, und dann drehst du den Kopf ganz weg und guckst aus dem Fenster und räusperst dich wieder.

»Ich glaub, ich muss mal los«, sagst du dann und stehst auf.

»Schon?«

»Ja, sorry, bin noch verabredet.«

Ich stehe auch auf.

»Ich bring dich zur Tür.«

»Ich find die auch so, danke.«

»Aber meinen Bruder bring ich zur Tür.«

Ich gehe vor, durch den Flur, und will dann die Tür aufmachen und dann doch nicht. Ich drehe mich um und stehe mit dem Rücken zur Tür. Du stehst vor mir und sagst: »Na dann.«

Ich breite meine Arme aus, wir sind ja verwandt und Verwandte umarmen sich zum Abschied. Du machst aber gar nichts, stehst so da und guckst wie ein Koalabär, und ich würde dich gern am Gürtel fassen und zu mir herziehen und dich umarmen und dir dann vielleicht sogar in die Hose fassen. Wenn du wirklich ein Koalabär wärst, hättest du gar keine Hose an, das muss ich kurz denken und dann grinsen.

Du kommst dann doch auf mich zu, umarmst mich ganz leicht und willst gleich wieder loslassen.

Aber ich halte dich fest, so einfach geht das doch nicht, mein Koalabär, mein Koalabruder. Du bist ganz warm und ich bin allein, beziehungsweise jetzt ja nicht mehr, jetzt bist du ja da. Ich lege meinen Kopf an deine Schulter und atme ganz tief ein, du riechst ganz sauber, also so grundlegend sauber, tiefenrein, und nur ganz oben auf dem Geruch ist so eine dünne Schicht Tag, der seit der Dusche morgens passiert ist, so ein kleines bisschen Schweiß und U-Bahn und irgendwas zu essen mit Zwiebeln vielleicht. Du zuckst zurück und windest dich ein bisschen, hebst deine Arme und drückst mit deinen Händen gegen meine Schultern. Du sagst meinen Namen und fragst: »Was machst du denn?« Ich halte dich, das mache ich, merkst du doch, und dann lege ich meinen Kopf etwas nach hinten und du schaust zu mir runter, die Hände immer noch an meinen Schultern, und machst Runzelbrauen, und dann mache ich die Augen zu und küsse dich auf deine schmalen Lippen. Sie sind ganz trocken und warm und du riechst nach Kaffee aus dem Mund, ich spüre ein Ziehen im Unterleib und wie mir ganz heiß wird, und dann beiße ich dir auf die Unterlippe, weil du es selbst doch auch immer machst.

»Au«, sagst du und drückst mich weg, sehr fest, ich kippe gegen die Tür.

»Koalabruder«, sage ich und schaue dich an und lächle, ich gebe mir Mühe, schön zu lächeln, ich streiche mir die Haare hinter die Ohren und beiße auf meine Unterlippe, um so zu sein wie du, niedlich. Wir müssen uns ähnlich sein, wir sind Geschwister.

Dein Mund steht ein bisschen offen, du siehst ratlos aus, ein ratloser, verlorener Koalabär, ich strecke meine Hand nach dir aus und fasse dich am Arm. Du holst Luft, als würdest du etwas sagen wollen, dann greifst du an mir vorbei und machst einfach die Tür auf, du schiebst mich weg und ziehst sie auf und gehst raus.

»Hey«, rufe ich, weil das jetzt doch ein bisschen plötzlich kam, dass du abhaust, so ohne was zu sagen. »Wann kommst du wieder?«

Aber du antwortest nicht, du bist schon auf der Straße, und dann bist du weg. Aber ich habe ja deine Nummer. Später ruf ich dich an, später oder morgen. Eine Schwester ruft ihren Bruder an, so machen Geschwister das doch.

Match

Ich hab von Ariane zum ersten Mal vom Bevauvau gehört. Sie hat davon erzählt, dass ihr Vater mal Kontakt mit denen hatte. Keine Ahnung, ob das stimmt. Vielleicht wollte sie auch nur angeben. Die hat sich schon immer superwichtig gemacht. Sie sagt immer so Sachen wie »Mein Bruder fährt zu Olympia« oder »Meine Gesangslehrerin sagt, ich werd mal berühmt, weil ich so ne tolle Stimme hab« oder »Letzte Woche hab ich drei Beziehungsanfragen auf Facebook bekommen«. Oder halt »Mein Vater hat Kontakt zum Bevauvau und kennt jetzt seinen Blutsbruder«. Ich hab nix dazu gesagt. Weil ich Ariane doof finde. Aber auch, weil ich gar nicht verstanden hab, wovon sie redet. Aber ich hab's mir gemerkt und später im Internet gesucht. Erst »BVV«, aber da kam dann der Bayerische Volleyball-Verband raus. Da hab ich mir gleich gedacht, dass Ariane nicht davon geredet hat. Aber oben drüber stand »Meinten Sie *Bevauvau*?«, und da hab ich draufgeklickt und dann die Homepage von denen gefunden. Da kam vorher die Warnung, dass man jetzt auf eine Seite kommt, auf der was »Unangemessenes« ist. Aber die konnte man einfach wegklicken. Und dann hab ich da ziemlich lang gelesen. Was die machen und was Blutsverwandte sind und wie man den Bevauvau kontaktieren kann und so. Ich hab sogar alle Briefe gelesen, die auf der Seite waren. Das waren Briefe von Leuten, die ihre Blutsgeschwister getroffen haben. Aber die waren alle ohne Namen, also keine Ahnung, ob da vielleicht Arianes Vater dabei war. Und dann ging meine Zimmertür auf und ich hab die Seite schnell weggeklickt. Dabei war's nur Sonja. Die hat natürlich direkt gemerkt, dass ich was Heimliches gemacht hab. Und sie hat so lang genervt, bis ich ihr davon erzählt hab. Sie hat nämlich immer wieder gesagt, dass sie Mama und Papa erzählt, dass ich was Heimliches im Internet gemacht hab, wenn ich ihr nicht erzähle, was ich angeguckt hab.

Typisch kleine Schwester halt.

www.bevauvau.de
Wer wir sind

Der Blutsverwandtschaft-Verein (Bevauvau) ist eine vom Staat unabhängige Organisation, die Bürgern und Bürgerinnen hilft, ihre blutsverwandten Geschwister ausfindig zu machen. Von öffentlicher Seite werden wir boykottiert, teils wird sogar auf unsere Illegalisierung hingearbeitet. Darum agieren wir mit unseren Klienten auf der Basis strengster Vertraulichkeit. Für unsere Arbeit können wir auf eine umfassende genetische Datenbank zurückgreifen – und je mehr Bürger und Bürgerinnen sich uns anschließen, desto größer wird diese Datenbank. Wenn Sie wie wir gegen den staatlichen Zwang der gewählten Familie vorgehen und Ihre blutsverwandten Geschwister finden wollen, kontaktieren Sie uns! Wir melden uns umgehend zurück und klären Sie über das weitere Vorgehen auf. Bitte beachten Sie, dass wir ausschließlich Blutsgeschwister vermitteln (sowohl Voll- als auch Halbgeschwister), die Zusammenführung von blutsverwandten Eltern und Kindern wurde nach einer Testphase wieder ausgesetzt.

Ich hab mir Sonja damals wegen den Locken ausgesucht. Ich hätte nämlich selbst gern welche gehabt. Aber ich hatte schon immer so strähnige Fisselhaare. »Heu-Haare«, hat Ziehmama Beatrix immer dazu gesagt. Die meinte das nett, auch wenn's nicht so klingt. Mit Sonja waren noch Anita und Surya in der engeren Auswahl. Die hatten auch schöne Haare. Ich mein, ich war sieben Jahre alt, nach was sollte ich denn sonst entscheiden, wen ich zur Schwester will? Ich wollte eigentlich eh lieber einen Bruder. Aber damals war grad Jungsmangel in unserem Heim und mir wurden nur Schwestern angeboten. Ich hab sogar gefragt, ob ich nicht noch in einem andern Heim gucken könnte, aber das ging nicht. Ich weiß auch, dass sie meiner Freundin Leandra Brüder angeboten haben. Vielleicht haben die zu der Zeit einfach ausgelost, wer aussuchen durfte, ob Bruder oder Schwester, und wer nur Schwestern gezeigt bekam. Vielleicht mochten die von der Heimleitung mich aber auch einfach nicht. Sonja war an dem Kennenlern-Nachmittag dann jedenfalls die Liebste. Die anderen haben irgendwann beide geheult, aber Sonja nicht. Zusammen mit den Locken fand ich das gut genug. Also hab ich gesagt »Ich nehm Sonja«, und dann haben sie das so in meinen Familienpass eingetragen. Das war schon irgendwie krass. Vorher stand ich da ja immer allein drin. Heute find ich das nix Besonderes mehr, dass alle Felder ausgefüllt sind, also Elternteil 1, Elternteil 2, Kind 1, Kind 2. Noch mal krass wird's halt, wenn ich heirate, weil ich dann ja einen neuen Familienpass kriege. Aber da werd ich natürlich nie allein drinstehen, sondern direkt mit meinem Mann oder meiner Frau. Und dann können wir irgendwann zusammen die Kinderfelder ausfüllen. Und die Kinder, die wir aussuchen, tragen uns in die Elternfelder ein. Total krasse Vorstellung, dass mich wer als »Mutter« einträgt. Das bedeutet halt Verantwortung und alles. Aber das dauert ja alles noch. Ich bin grad erst siebzehn geworden, und wenn ich achtzehn bin, dann muss ich mich erst mal befruchten lassen, bis ich mindestens zwei Kinder produziert hab, und dann muss ich noch sterilisiert werden – und erst dann darf ich einen Mann oder eine Frau suchen (das muss ich mir noch überlegen, was ich da lieber will), und erst dann können wir uns zu zweit unsere eigenen Kinder aussuchen. Ich hab also noch Zeit.

www.bevauvau.de
Was ist Blutsverwandtschaft?

Blutsverwandtschaft (Konsanguinität) bezeichnet die biologische oder genetische Verwandtschaft von Personen aufgrund ihrer Abstammung voneinander oder einem gemeinsamen Vorfahren. Vor der Einführung der Familienwahl galt Blutsverwandtschaft als maßgebend für den Begriff »Familie«, wobei auch alternative Konzepte wie Adoption oder die sogenannte Patchwork-Familie (eine Art Vorbild für die Familienwahl, aber ohne staatliche Eingriffe) akzeptiert und gängig waren. Aufgrund vieler Fehden innerhalb blutsverwandter Familien, bis hin zu jahrelangen Erbschafts-Streiten, endgültiger Entfremdung oder sogar Verbrechen wie Mord, wurde die Blutsverwandtschaft schließlich völlig negiert und durch die Familienwahl ersetzt.

Sonja hat mir das mit dem Bevauvau erst nicht geglaubt. Ich hab ihr sogar die Homepage gezeigt, aber sie hat gesagt, dass das alles erfunden ist. Wir haben dann zusammen noch weitergelesen und -gesucht, und dann hat sie irgendwann doch geglaubt, dass es das gibt. Und dann wollte sie es natürlich direkt ausprobieren. Sie fand das aufregend. Sie hätte aber eh gar nicht gedurft, weil man mindestens sechzehn sein muss und sie ja erst fünfzehn ist. Deswegen hat sie gesagt, ich soll das machen. Ich wollte aber erst nicht, weil auf der Seite ja steht, dass es sozusagen verboten ist. Also, das steht jetzt nicht im Gesetz oder so, dass man seine Blutsverwandten nicht kennen darf. Aber es gibt halt eigentlich keine Möglichkeit, sie zu finden, und wer es doch machen will, der wird dann von der Gesellschaft verachtet und so. »Das gehört sich einfach nicht«, würde Ziehmama Beatrix bestimmt dazu sagen. Ich würde gern mal mit ihr drüber reden. Manchmal vermisse ich Ziehmama Beatrix immer noch. Aber sobald man aus dem Heim auszieht und in eine Familie einzieht, haben die meisten keinen Kontakt mehr zu den Ziehmamas und Ziehpapas im Heim. Das ist dann oft, weil die Ziehmamas und Ziehpapas das nicht wollen. Die haben dann ja noch genug andere Kinder zu versorgen. Wenn man in eine Familie einzieht, wird einem immer gesagt, dass man Briefe schreiben darf. Man muss dann gucken, ob die Ziehmama oder der Ziehpapa antwortet oder nicht. Das dürfen die selbst entscheiden. Als ich mit Sonja noch neu bei

Mama und Papa war, hab ich Ziehmama Beatrix schlimm vermisst. Ich hab dann sogar mal im Heim angerufen und gefragt, ob ich mit ihr reden kann, aber die haben natürlich wieder das mit den Briefen gesagt. Ich hab dann einen Brief geschrieben, aber Ziehmama Beatrix hat nie zurückgeschrieben. Sonja hat mich dann immer getröstet, wenn ich geweint hab wegen Ziehmama Beatrix. Manchmal hat sie dann sogar in meinem Bett geschlafen.

www.bevauvau.de
Warum sind wir gegen die Familienwahl?

Zunächst einmal wollen wir klarstellen, dass wir nicht grundsätzlich gegen die Familienwahl sind, sondern nur gegen den staatlichen Zwang zur Familienwahl! Der Staat hält die selbstgewählte Familie für die beste Form, gibt zudem aber auch vor, dass sie aus zwei Elternteilen und zwei Kindern bestehen muss. Obwohl wir die Tatsache befürworten, dass die Geschlechterverteilung bei dieser Konstellation frei wählbar ist, finden wir diese Vorgabe dennoch zu streng. Wir sind für die größtmögliche Vielfalt und für die Möglichkeit, auch die eigenen Blutsverwandten zu kennen und mit ihnen zu verkehren. Wir glauben nicht an den – im Übrigen auch nicht zweifelsfrei wissenschaftlich bewiesenen – mandatorischen Konflikt zwischen Blutsverwandten, auf dem sich der Zwang zur Familienwahl begründet. Dafür glauben wir daran, dass es bereichernd sein kann, mit Blutsverwandten zu verkehren, und dass jeder selbst entscheiden soll, ob er das tun möchte oder nicht. Zudem lehnen wir strikt ab, dass bei der Familienwahl kranke oder behinderte Personen ausgeschlossen, in gesonderten Heimen untergebracht und somit nie Teil einer Familie werden!

Sonja hat mich so lange bequatscht, bis ich's doch gemacht hab. Aber sie war dabei, das war mir irgendwie wichtig. Also, als ich die Mail geschrieben hab. Wir haben ausgemacht, dass wir das zusammen durchziehen, auch, wenn wir so natürlich trotzdem nur meine Blutsschwester oder meinen Blutsbruder finden und nicht Sonjas. Aber Sonja ist eben meine *richtige* Schwester und deswegen find ich es gut, wenn sie dabei ist, falls ich jemanden von denen treffe.

Ich hab viel drüber nachgedacht, seit ich denen vom Bevauvau geschrieben hab. Über die ganze Sache mit Blutsverwandtschaft und so, mein ich. Weil ich ja auch so viel im Internet drüber gelesen hab und über die vielen Leute, die das gut oder wichtig finden. Da ging's dann auch drum, dass man ein Kind, das man neun Monate im Bauch hatte, doch eigentlich lieber haben muss, als eins, das man sich ausgesucht hat, und das konnte ich mir gar nicht vorstellen. Okay, ich war natürlich auch noch nie schwanger, aber ich hab vorher trotzdem noch nie davon gehört, dass eine Frau das Kind behalten wollte, das sie zur Welt gebracht hat. Ich meine, es macht doch bloß, dass sie Schmerzen hat, und dann ist es weg, und sie kann eins aussuchen, das gesund ist und ihr gefällt und das vor allem von einer Ziehmama oder einem Ziehpapa schon so weit großgezogen wurde, dass es laufen und sprechen kann und nicht mehr in die Hose macht und so weiter. Aber es gibt so eine Gruppe oder Bewegung, die heißt »Leibliche Mütter«, und da sind lauter Frauen drin, die dagegen sind, dass man sich seine Kinder aussucht. Die wollen, dass man das Kind behält, das man selbst produziert hat, und dass man das halt so nimmt, wie's kommt. Ich hab ganz viele Beiträge in dem Forum dazu gelesen. Den Bevauvau finden die von der Idee her gut, aber sie beschweren sich, dass die sich nur um Brüder und Schwestern kümmern und nicht um Kinder und Eltern. Warum die vom Bevauvau das so machen, hat in dem Forum auch jemand erklärt, nämlich, dass das mit Eltern und Kindern immer noch schwieriger ist, weil da ja dann der Ehemann oder die Ehefrau von jemandem, der ein »leibliches Kind« trifft, noch irgendwie mit drinhängt, und dann auf der anderen Seite ja auch noch die Frau, die das Kind produziert hat, oder eben der Samenspender, je nachdem. Und dass es dann superoft Streit gibt und alles für alle ganz anstrengend ist. Aber wenn sich zwei Geschwister treffen, ist das anscheinend immer total okay und es gibt nur selten Streit. Deswegen macht der Bevauvau nur das. Über Blutsgeschwister hab ich auch nachgedacht, klar. Der Unterschied zwischen einer Blutsschwester und Sonja ist, dass meine Blutsschwester von der gleichen Frau produziert wurde wie ich. Beziehungsweise wäre sie dann erst mal meine Halb-Blutsschwester, und meine Voll-Blutsschwester wäre sie nur, wenn wir auch beide vom gleichen Samenspender produziert worden wären. Auf der Bevauvau-Seite steht, dass das öfter vorkommt, weil sich viele Frauen wünschen, noch mal den gleichen Samenspender zu bekommen, wenn das beim ersten Mal gut geklappt hat. Aber in den Befruchtungsstationen wollen die das eigentlich nicht so gern, damit es nicht so viele Voll-Blutsgeschwister gibt und sie deswegen später mehr aufpassen müssen, wer welchen Samen bekommt, weil sonst am Ende eine Frau den von ihrem Bruder bekommt und das ist verboten oder sogar gefährlich.

Ich find das alles irre kompliziert und hab mir manchmal schon fast einen Knoten in den Kopf gedacht deswegen. Jedenfalls hab ich auch auf anderen Seiten über Blutsgeschwister gelesen, zum Beispiel, dass es gut sein kann, dass meine Blutsschwester oder mein Blutsbruder so ähnlich aussieht wie ich. Und dass das mit dem »Blut« bedeutet, dass wir gleiches Blut haben. Die Vorstellung find ich total krass. Also, klar, ähnlich aussehen, das kennt man ja irgendwie, das hat sogar Ziehmama Beatrix manchmal über Leandra und mich gesagt, wir würden uns ähnlich sehen, aber wir haben uns auch immer gleiche Frisuren gemacht und mochten immer die gleichen Klamotten und so. Und einmal hat Ziehmama Betarix mir gesagt, dass sie vor vielen Jahren mal eine Ziehtochter hatte, die genauso aussah wie ich, auch solche Heu-Haare und so dünn und so große blaue Augen und blasse Haut, und dass sie die so schrecklich gernhatte, weil es eine ihrer ersten Ziehtöchter war, und dass sie weinen musste, als sie gegangen ist. Als Mama Beatrix das erzählt hat, hat sie sogar noch mal ein bisschen geweint. Also gibt es das ja einfach öfter, dass Menschen sich ähnlich sehen, aber bei Blutsgeschwistern kommt es anscheinend noch öfter vor. Das mit dem Blut find ich irgendwie krasser, weil das sieht man ja nicht, man merkt das ja auch nicht, aber es ist trotzdem gleich.

www.bevauvau.de
Erfahrungsberichte
G., weibl., 34 Jahre alt

Ich habe über den Bevauvau meine ältere Schwester gefunden. Meine Vollschwester. Wir wurden für einen Samstagnachmittag gematcht, an einer leicht zu findenden, aber nicht arg belebten Stelle im Park meiner Stadt. Meine Schwester musste extra anreisen, sie ist mehr als dreihundert Kilometer mit dem Auto gefahren.

Als wir uns gesehen haben, hat es sofort gefunkt. Sie sah genauso aus, wie ich sie mir vorgestellt habe, und wir haben uns umarmt, ohne ein Wort zu sagen. Das Gefühl war unbeschreiblich: Obwohl wir uns vorher noch nie gesehen haben, waren wir uns unheimlich vertraut. Diese Umarmung hat sich echter und näher und wärmer angefühlt als jede Umarmung meiner Mutter. Als wir uns am Abend wieder trennen mussten, haben wir beide geweint. Seitdem halten wir Kontakt und versuchen, uns regelmäßig zu sehen. Seit ich meine Schwester kenne, habe ich das Gefühl, dass eine Leerstelle, die immer in meinem Leben klaffte, endlich ausgefüllt wird. Als hätte ich immer schon gewusst, dass es sie gibt. Vielen Dank an den Bevauvau, dass er das möglich gemacht und mir einen ganz neuen Lebenssinn geschenkt hat!!

R., männl., 56 Jahre

Seit eineinhalb Jahren kenne ich sie nun: meine kleine Schwester. Ich habe sie in ihrem Heimatdorf getroffen und wir haben einen spannenden und bereichernden Nachmittag miteinander verbracht, Gemeinsamkeiten und Unterschiede festgestellt und Nummern ausgetauscht. Ich freue mich, dass der Bevauvau solche Begegnungen ermöglicht und damit gegen die Vorherrschaft des Staates angeht.

B., männl., 18 Jahre

Es war total krass für mich, als ich meinen Bruder zum ersten Mal gesehen habe, weil er mir so ähnlich sieht. Ich wurde von meinem Bevauvau-Agenten gut vorbereitet, er hat mir gesagt, dass ich einen Zwillingsbruder habe und unsere Verwandtschaft noch enger ist als die von anderen Blutsgeschwistern. Trotzdem war es erst mal ein

Schock – aber ein guter! Ich bin froh, dass wir uns kennengelernt haben. Witzig ist, dass wir uns bis auf das Aussehen gar nicht besonders ähnlich sind. Aber wir mögen uns trotzdem! Danke an den Bevauvau!

Ich hab eine Mail bekommen, mit einem Treffpunkt und einer Uhrzeit, um einen Bevauvau-Agenten zu treffen. Jetzt bin ich doch ziemlich aufgeregt. Leider steht drin, dass ich allein hinmuss, ich darf Sonja also nicht mitnehmen. Als ich ihr das gesagt hab, hat sie geweint. Und dann hat sie mir gesagt, dass sie neulich nachts geträumt hat, dass ich meinen Blutsbruder kennengelernt hab und auf einmal nur noch gemein und abweisend zu ihr war. Und dass sie deswegen doch lieber nicht will, dass ich beim Bevauvau mitmache, und dass sie gerne rückgängig machen würde, dass sie mich überredet hat. Sie hat mir total leidgetan. Dabei muss sie echt keine Angst haben. Ich meine, klar, bestimmt ist es irgendwie krass, so jemand Verwandten zu treffen, aber nur weil beim Beuvauvau auf der Seite diese ganzen tollen Geschichten stehen, heißt das ja nicht, dass es immer toll läuft. Die machen damit ja auch Werbung für sich und suchen natürlich nur gute Geschichten aus, die sie auf ihre Seite stellen. Ich hab in anderen Foren Geschichten von Leuten gelesen, die ihr Treffen ganz schlimm fanden oder die sich sogar irgendwann dann gestritten haben mit dem Bruder oder der Schwester, als sie noch länger Kontakt hatten.

Das hab ich Sonja auch erzählt.

Das Problem ist, glaub ich, auch, dass ich Sonja mal im Streit gesagt hab, dass ich lieber einen Bruder wollte. Dabei weiß ich selbst gar nicht mehr so genau, warum. Vielleicht, weil ich so viele Bücher über Kinderbanden gelesen hab und da waren die Jungs immer die Starken und die Helden, das fand ich cool. Und ich glaube, als ich erfahren hab, dass ich nur Schwestern zur Auswahl gezeigt bekomme, hab ich mich auch mit Absicht drauf versteift, dass ich lieber einen Bruder will. Es ist eh schon scheiße genug, wenn du irgendwann erfährst, dass du dir ein Geschwister aussuchen musst, weil du selbst nicht ausgesucht wurdest. Also, klar ist es irgendwie ganz cool, selbst aussuchen zu dürfen, aber es heißt halt auch, dass dich bis dahin keiner wollte. Noch beschissener ist nur, einer von zwei Geschwistern zu sein, die dann nicht von Eltern ausgesucht werden, bis der Ältere zehn ist. Dann müssen beide im Heim bleiben und später mal Ziehmama oder Ziehpapa werden. Aber das muss ja auch jemand machen, von daher auch wieder irgendwie gut. Und wenn das dann Leute wie Ziehmama Beatrix machen, ist das natürlich super. Ich trau mich fast nicht, das zu sagen, aber ich denk ganz oft, dass ich Ziehmama Beatrix immer lieber gehabt hab als meine richtige Mama. Ich hab sie, glaub ich, heute noch lieber. Sie hat mich immer so viel umarmt und mir die Heu-Haare gekämmt, das war schön. An dem Tag, als Sonja und ich abgeholt wurden, hab ich Ziehmama Beatrix nicht mehr gesehen. Sie hat mir abends Gute Nacht gesagt und alles Gute und hat mir einen Kuss auf die Stirn gegeben. Ich dachte, wir verabschieden uns dann am nächsten Tag noch richtig, deswegen hab ich gar nicht so viel gesagt. Das macht mich heute manchmal traurig und ich hoffe immer, dass Ziehmama Beatrix meinen Brief wenigstens bekommen hat und gelesen hat.

Von: Bevauvau Abteilung Vermittlung <vermittlung@bevauvau.de>
An: Mich <muriel.heidemann@webster.de>

Betreff: Ihre Bitte um Vermittlung – 1. Agentengespräch

Sehr geehrte Frau Heidemann,
vielen Dank für Ihr Interesse an einer Blutsgeschwister-Vermittlung durch den Bevauvau. Sollte dieses Interesse weiterhin bestehen, möchten wir Ihnen ein erstes Gespräch mit einem unserer Agenten anbieten, der Sie über weitere Einzelheiten aufklären und Ihnen die Möglichkeit für eine DNA-Probe geben wird. Bitte bestätigen Sie uns wenn möglich den unten stehenden Termin. Sollten Sie ihn nicht wahrnehmen können, möchten wir Sie bitten, uns rechtzeitig Bescheid zu geben, damit wir Ihnen einen neuen Terminvorschlag zusenden können. Sollten Sie unsere Vermittlung nicht mehr in Anspruch nehmen wollen, senden Sie uns bitte zeitnah eine Absage. Sie werden auch bei dem Treffen noch die Möglichkeit haben, von Ihrem Wunsch zurückzutreten. Der Vermittlungsversuch wird erst dann bindend, wenn Sie den Vertrag unterzeichnet, Ihre DNA-Probe abgegeben und die Unkosten von 85,– Euro in bar beglichen haben.
Mit freundlichen Grüßen,
Bevauvau Vermittlung

———————————————————————————

Termin 1. Agentengespräch: 13.04., 17:30 Uhr
Ort: Café Zimt, Baldeplatz 8
Bitte finden Sie sich mind. 5–10 Minuten VOR dem Termin ein. Bitte blättern und lesen Sie sichtbar in einer Ausgabe des Tagesanzeigers, damit unser Agent Sie zügig erkennen kann.

Ich geh nie ins Café Zimt. Das ist voll das Oma-Café. Oder noch eher: so eins, wo uncoole Leute hingehen. Aber ich konnte dem Bevauvau ja nicht schreiben: »An dem Termin kann ich, aber können wir uns an einem cooleren Ort treffen?« Ich lese auch eigentlich nie den Tagesanzeiger. Und jetzt sitz ich hier in diesem blöden Laden und guck mir diese stinklangweilige Zeitung an und bin irre nervös. Bestimmt finden sie das Café Zimt auch gut, weil es groß ist und ziemlich laut, die Leute reden laut und es läuft immer Musik. Ich hab mich extra so gesetzt, dass ich die Tür sehen kann. Sonja hat gesagt, ich soll ihr sofort schreiben, wie's war, wenn ich fertig bin, noch bevor ich nach Hause gehe, wo wir uns dann eh sehen würden. Ich hab vor Aufregung daheim noch eine halbe Packung Kinderschokolade gegessen und mir ist deswegen schlecht und ich muss ab und zu aufstoßen.

Eine Frau kommt rein, sie hat Jeans und T-Shirt und dunkelblaue Turnschuhe an, sie ist jünger als Mama, vielleicht vierzig oder so? Sie hat kurze dunkle Haare und dunkle Haut und einen Rucksack auf. Sie guckt sich um und sieht mich und kommt rüber. Ich erschrecke, was komisch ist, weil sie total nett und ungefährlich aussieht, aber auch logisch, weil ich ja auf einen Bevauvau-Agenten warte und das was Geheimes ist und niemand davon wissen darf, auch keine nett aussehende Frau mit Rucksack. Aber dann streckt die Frau mir die Hand hin und sagt »Hallo Muriel, schön, dass du gekommen bist«, und deswegen checke ich, dass die Frau der Bevauvau-Agent *ist*. Ich hab mir halt die ganze Zeit einen Mann im Anzug und mit Hut vorgestellt, wie die grauen Herren in dem Buch »Momo«, das Ziehmama Beatrix mir und den anderen manchmal vorgelesen hat.

Die Frau setzt sich und wischt mit der Hand durch ihre Haare und über die Stirn. Sie sagt nicht, wie sie heißt, sondern, dass das Wetter so schön ist und irgendwie zu warm für April und ob ich schon was zu trinken bestellt hab. Ich bin immer noch total nervös oder sogar noch nervöser als eben, meine Hände zittern sogar ein bisschen, und ich will gar nicht so viel Kram drumrum reden, aber ich muss warten, bis sie was über den Bevauvau sagt. Sie bestellt Cola mit Eis und ich auch, weil das am einfachsten ist. Dann fängt sie endlich an. Sie redet leise, aber schon die ganze Zeit, bestimmt, damit sie nicht erst normal redet und es dann allen auffällt, dass sie leiser wird. Am Tisch neben uns sitzt aber sowieso niemand. Sie bewegt auch nicht viel ihre Hände, wenn sie redet, aber sie lächelt die meiste Zeit, das find ich gut.

Erst erklärt sie mir Sachen, die ich schon aus dem Internet weiß. Was Blutsgeschwister sind zum Beispiel. Sie sagt immer nur »Bege« dazu, aber ich weiß natürlich, was gemeint ist. Was Halb-Bege und was Voll-Bege sind und warum Voll-Bege seltener sind als Halb-Bege. Dann erklärt sie mir, wie alles funktioniert: Sie gibt mir jetzt gleich eine Schachtel und damit soll ich auf die Toilette gehen und in der Klokabine reingucken und dann sehe ich, was ich machen muss. Danach will sie mir dann einen Vertrag geben, den ich unterschreiben kann oder nicht, wenn ich doch nicht mehr mitmachen will. Wenn ich unterschreibe, muss ich auch das Geld bezahlen, und dann machen sie die Suche für mich und schreiben eine Mail, wenn sie wen gefunden haben, in der dann auch drinsteht, wie es weitergeht.

Dann gibt sie mir die Schachtel und ich finde es ein bisschen peinlich, weil es eine Tampon-Schachtel ist. Also, ich kann mir schon denken, dass da keine Tampons drin sind, aber man hätte ja auch was nicht so Peinliches als Tarnung nehmen können, eine Schachtel von einer Creme oder einem Make-up oder so.

Auf dem Klo schließe ich mich in einer Kabine ein und mache die Schachtel auf. Drin ist ein kleines Glasröhrchen mit zwei Wattestäbchen drin, die nur an einer Seite Watte haben, und ein gefalteter Zettel. Der Zettel ist eine Bedienungsanleitung. Ich muss mit jedem Wattestäbchen dreißig Sekunden lang innen im Mund rumfahren, an den Wangen und am Zahnfleisch, und die Stäbchen danach wieder in das Röhrchen tun. Die Stäbchen mit meiner Spucke verwenden sie dann, um meinen Blutsbruder oder meine Blutsschwester zu finden. Total krass, dass das so leicht geht. Ich hatte schon mal im Internet davon gelesen, aber ein bisschen Angst hatte ich trotzdem, dass sie mehr von mir brauchen, einen Zahn oder so was. Oder zumindest mein Blut und ich kriege nicht so gern Blut abgenommen, davon wird mir immer schwindelig. Ich bin froh, dass sie das nicht brauchen. Aber eigentlich wäre es ja logisch, denn wenn wir als Blutsgeschwister das gleiche Blut haben, müsste man das daran ja auch am leichtesten erkennen können, oder?

Als ich aus dem Klo komme, fährt draußen ein Polizeiauto mit Sirene vorbei, und ich erschrecke total. Kurz denke ich, dass jetzt jemand kommt und mich festnimmt.

Die Frau lächelt wieder, als ich mich hinsetze, und dann gebe ich ihr die Schachtel zurück und hole den Umschlag mit Geld aus meiner Jackentasche, das ist mein Taschengeld der letzten beiden Monate. »Machen Sie das immer mit einer Tampon-Schachtel?«, frage ich und finde es sofort danach blöd von mir. Zum Glück hab ich es nicht so laut gesagt. Die Frau guckt erst verwirrt, aber dann lacht sie. »Meistens, ja«, sagt sie. »Also, bei Frauen zumindest. War dir das unangenehm?« »Ein bisschen«, sage ich. Sie lacht wieder und sagt »Entschuldige« und gibt mir den Vertrag, den ich gar nicht richtig lese und dann unterschreibe. Die Frau bezahlt meine Cola, das finde ich nett.

Ich hasse Warten. Ich check dauernd meine Mails. Sonja fragt mich auch andauernd. Langsam nervt's. Aber das kann ich ihr nicht sagen, weil sie im Moment immer total schnell anfängt zu weinen, wenn ich sie mal anpflaume oder so. So war das sonst nie, sie ist sonst immer total frech und wir haben uns öfter mal gestritten, jetzt nicht dauernd und nicht schlimm, aber halt ab und zu, wie große und kleine Schwester eben. Aber jetzt kann ich mit Sonja nicht mehr streiten, weil sie nicht zurückstreitet, sondern weint. Das macht mich ein bisschen sauer, aber auch traurig.

Am Wochenende wollte sie, dass wir unser altes Fotobuch angucken. Jede Familie bekommt eins, wenn sie zusammenzieht, und vorne ist dann das erste Foto drin, das gemacht wird, wenn die Eltern die Kinder abholen. Dahinter kann man eigene Fotos einkleben. Ich bin auf dem ersten Foto fast acht und Sonja ist sechs und Mama und Papa und Sonja lachen und ich nicht. Ich hab auch ganz rote Augen, weil ich so viel geweint hab. Wegen Ziehmama Beatrix und weil ich Mama bei den ersten Kennenlern-Treffen überhaupt nicht nett fand. Heute find ich sie nett, aber irgendwie können wir uns null unterhalten, irgendwas klappt da immer nicht. Sonja und Mama sind ganz dicke, dafür streiten sie auch manchmal, Mama und ich streiten nie. In dem Fotobuch sind viele Fotos von Sonja und mir zusammen und als wir die angeguckt haben, ist Sonja auf dem Sofa ganz nah zu mir gerutscht und hat sogar den Kopf auf meine Schulter gelegt. »Ich bin froh, dass du mich ausgesucht hast«, hat sie gesagt. Ich wusste nicht, was ich dazu sagen sollte, also hab ich nix gesagt.

Von: Bevauvau Abteilung Vermittlung <vermittlung@bevauvau.de>
An: Mich <muriel.heidemann@webster.de>

Betreff: Match + Terminvorschlag

Liebe Frau Heidemann,
heute können wir Ihnen die gute Nachricht überbringen, dass wir Ihren Halb-Blutsbruder identifiziert haben.
Wenn Sie ihn treffen möchten, bestätigen Sie bitte den unten stehenden Match-Termin oder teilen uns mit, wenn Sie ihn nicht wahrnehmen können und einen neuen Terminvorschlag benötigen. Sollten Sie weder diesen noch einen anderen Termin in Anspruch nehmen und Ihren Halbbruder nicht treffen wollen, teilen Sie uns dies bitte ebenfalls mit. Für den Fall, dass Ihr Halbbruder einen neuen Terminvorschlag benötigt oder absagt, geben wir Ihnen natürlich umgehend Bescheid. Der Match-Termin wird mit Absicht an einem öffentlichen, aber nicht übermäßig belebten Ort angesetzt, um zu vermeiden, dass Sie allzu sehr auffallen. Nach dem Kennenlernen können Sie natürlich gemeinsam an einen Ort Ihrer Wahl gehen. Da Sie noch nicht volljährig sind, findet das Treffen in Ihrer Heimatstadt statt, Ihr Bruder wird dafür anreisen. Bedenken Sie bitte, dass es dadurch ggf. zu Verspätungen kommen kann.
Wir sind verpflichtet, Sie darauf hinzuweisen, dass Ihr Halbbruder möglicherweise nicht auftaucht. Immer wieder erreichen uns Berichte von Personen, die am Match-Ort trotz bestätigten Termins von beiden Seiten vergeblich gewartet haben. In diesem Fall übernehmen wir keine Haftung und können Ihnen Ihren Unkostenbeitrag nicht zurückerstatten, da wir unseren Teil des Vertrages erfüllt haben.
Wir wünschen Ihnen ein schönes und bereicherndes Kennenlernen und möchten uns bedanken, dass Sie unsere Dienste in Anspruch

genommen und uns in unserer Arbeit unterstützt haben. Wir würden uns freuen, wenn Sie uns nach dem Treffen einen Erfahrungsbericht zukommen lassen und uns evtl. gestatten, diesen anonym auf unserer Homepage zu veröffentlichen.

Mit freundlichen Grüßen,
Bevauvau Vermittlung

———————————————————————————

Termin Blutsgeschwister-Match: 18.06., 16:45 Uhr
Ort: Reiterdenkmal im Alten Schlosspark
Bitte tragen Sie bei dem Treffen eine 0,5-Liter-Flasche »Oberberger Mineralwasser« sichtbar in der Hand. Ihr Bruder wird ebenfalls darum gebeten. So sollten Sie sich möglichst schnell erkennen können.

Ich hab total schnell zugesagt und direkt danach gedacht, dass ich das vielleicht doch nicht will. Erst hab ich mich total gefreut, weil ich meine: Ich hab einen Bruder und das ist ja mega-, megacool! Und es ist sogar ein großer Bruder, das ist sogar mehr als megacool, nämlich Jackpot! Einen großen Bruder hätte ich sonst niemals kriegen können, weil ich ja sogar, wenn sie mir damals Jungs gezeigt hätten, nur einen kleinen Bruder gekriegt hätte und keinen großen. Aber dann hab ich drüber nachgedacht, dass ich samstags im Park einen fremden Mann treffen muss. Ich weiß ja nicht mal, wie alt der ist. Und das fand ich irgendwie doch ein bisschen krass und mir wurde ein bisschen schlecht vor Aufregung. Zur Beruhigung hab ich mir gesagt, dass ich ja auch einfach nicht hingehen kann, wenn ich kurz vorher zu viel Schiss hab. Oder einfach keine Lust. Oder wenn es superstark regnet oder so.

Ich hab mit Sonja drüber gesprochen und die hat gesagt, ich soll nur gehen, wenn ich wirklich, wirklich will. Und dass sie auch mitgehen kann und sich irgendwo versteckt und die Polizei ruft, wenn der mich anfasst oder so. Dann kam mir meine eigene Angst doch irgendwie übertrieben vor. Ist ja nicht jeder fremde Mann gleich ein Perverser.

Sonja hat mich gefragt, wie ich mir meinen Bruder vorstelle, wie er aussieht und wie er so drauf ist. Und ich wusste null, was ich dazu sagen soll. Das Einzige, was ich ja weiß, ist, dass er mir vielleicht ähnlich sieht, wobei er ja von einem anderen Samenspender ist und vielleicht einfach so aussieht wie der. Sonja kann gut zeichnen, deswegen hat sie dann ein Bild gezeichnet, wie sie sich meinen Bruder vorstellt, aber eigentlich hat sie nur mich als Jungen gezeichnet. Total krass, sich das anzugucken, ich fand es fast ein bisschen eklig. »Muriel«, hat Sonja dann gefragt, »ist der Mann dann auch mein Bruder?« Ich hab Nein gesagt, aber eigentlich stimmt das nicht, denn Sonja ist meine Schwester und wenn ich einen Bruder hab, ist das auch ihr Bruder. Nur nicht ihr Blutsbruder. Und deswegen denke ich manchmal, dass das mit dem Bevauvau irgendwie Quatsch ist. Und dann denke ich, dass ich genau deshalb zu dem Treffen gehen muss. Um rauszufinden, was an Blutsgeschwistern anders ist als an normalen Geschwistern.

In der Nacht vorher kann ich nicht gut schlafen. Ich träume einmal was Komisches über einen Mann, der auf dem Balkon gegenüber steht und raucht und die ganze Zeit in mein Fenster starrt. Dabei sind bei uns gegenüber in echt gar keine Balkone. Der Mann hat eine Glatze und eine Brille auf und ist so weit weg, dass ich nur die Brillengläser sehe, aber die Augen nicht, und deswegen sieht er gruselig aus. Als ich aufwache, kann ich nicht mehr einschlafen und überlege, was ich anziehen soll.

Am Samstag regnet es dann total und ich wollte ja bei Regen vielleicht nicht gehen. Aber ich bin doch irgendwie gespannt. Mama und Papa sage ich, dass ich zu Greta gehe, und Sonja will mich unbedingt zur Straßenbahn bringen, was Mama und Papa komisch finden müssten, aber sie sagen nix. Wir nehmen Papas großen Familienschirm mit, den regenbogenfarbenen, und Sonja hakt sich bei mir unter. Das hat sie noch nie gemacht. Sie sagt, dass ich mein Handy in der Hand halten soll, damit ich schnell auf »Notruf« drücken kann, wenn was ist. Und dass sie ja auch doch mitkommen kann. Ich sage Nein und dass ich das alleine machen will. »Kann ich den vielleicht auch mal kennenlernen dann?«, fragt Sonja. »Vielleicht«, sage ich. »Ich weiß doch noch gar nicht, wie er ist und so.«

An der Straßenbahnhaltestelle ist Sonja erst ganz still und als dann die Straßenbahn kommt, sagt sie plötzlich: »Muriel, kannst du versprechen, dass wir immer Schwestern sind?« Ich muss plötzlich fest schlucken und kurz die Luft anhalten, weil ich das Gefühl hab, dass ich sonst weinen muss. Dann leg ich Sonja den Arm um die Schulter und drücke sie und sage: »Klar, ich hab dich doch ausgesucht.« Und dass das viel mehr wert ist als irgendwelches gleiches Blut.

In der Straßenbahn fällt mir ein, dass ich das Mineralwasser vergessen hab. Also steige ich nach zwei Stationen wieder aus und geh in einen Kiosk. Dann muss ich zehn Minuten auf die nächste Bahn warten und werde ein bisschen nervös, weil ich dann nämlich zu spät bin. Ich hasse das, wenn man in der Bahn ist und schon zu spät und nix machen kann, dass sie schneller fährt oder so. Ich steige am Alten Schlosspark aus und kriege auf den blöden Kieswegen mit den Pfützen total nasse Füße.

Am Reiterdenkmal steht ein Mann mit einem blauen Schirm und einer Flasche Wasser in der Hand. Ich glaub, er ist echt schon eher ein Mann und kein Junge mehr, also, er ist bestimmt schon zwanzig oder sogar älter. Er hat eine gelbe Regenjacke an und eine Jeans und Chelsea Boots und sieht irgendwie ganz cool aus. Mir fällt sofort auf, dass er auch ganz helle Haut und Augen hat, aber er hat dickere und dunklere Haare als ich. Dann ist der komische Moment da, in dem wir uns genau gegenüberstehen, und ich bin total froh, dass es regnet und wir beide einen Schirm in der Hand haben, weil wir uns dann nicht umarmen müssen. Wir geben uns die Hand. »Hallo, ich bin Muriel«, sage ich. »Hallo, ich bin Hannes«, sagt er. »Nett, dich kennenzulernen.« Und ich sage: »Ja.« Und dann: »Und jetzt?« Ich bin plötzlich überhaupt nicht mehr aufgeregt, weil Hannes grade einfach irgendein Fremder ist und es ein bisschen so ist, als hätten wir uns über Online-Dating oder so kennengelernt, nur, dass wir halt kein Date haben und alles also gar nicht so aufregend ist. Ich frag mich grade echt, was ich hier mache, weil ich jetzt im Moment eigentlich nur wissen will, wie ähnlich er mir sieht, aber ich kann ihn ja nicht einfach anstarren und dann wieder gehen, da wäre ein Foto irgendwie praktischer als so ein Treffen. »Es regnet«, sagt Hannes. »Ja«, sage ich. »Wir könnten in ein Café gehen oder uns in den Pavillon setzen.« Ich will auf keinen Fall in ein Café, obwohl es regnet und meine Füße nass sind. Aber ich stell es mir grade total schlimm vor, mit dem fremden Hannes irgendwo zu sitzen, und alle denken, dass wir ein Date haben, und dann schweigen wir die ganze Zeit oder so. »Was für ein Pavillon?«, frage ich. »Ich bin an einem vorbeigekommen, als ich von der Tram hergelaufen bin«, sagt er. Wahrscheinlich ist er an der Belgrader Straße ausgestiegen statt Alter Schlosspark, weil er nicht von hier ist. Aber trotzdem ein bisschen dumm, weil man auf Google Maps sieht, dass die andere Haltestelle näher am Denkmal ist. »Ja, dann gehen wir dahin«, sage ich.

Auf dem Weg stellt Hannes mir Fragen. Wie alt ich bin und was ich mache in meiner Freizeit und was ich nach der Schule machen will und wie meine Familie so ist. Ich beantworte alle Fragen und vergesse, ihn auch zu fragen. Das passiert mir manchmal und sobald ich es merke, nehme ich mir immer vor, nach jeder Antwort »Und du?«, »Und deine?«, »Und bei dir?« oder so zu fragen. Das muss ich jetzt für den Rest vom Treffen auch so machen. Wir setzen uns in den Pavillon, in den manchmal Regen reinweht, aber das ist mir jetzt auch egal. Hannes fragt, wo ich wohne, ob es weit weg von hier ist, und ich sage: »Sieben Stationen mit der Straßenbahn, und du?« Hannes lacht, das klingt nett, und ich kann ihn dabei ein bisschen von der Seite angucken. Das mit den Augen ist schon krass, die sehen wirklich aus wie meine. »In München«, sagt er. Ich überlege, was ich zu München sagen oder fragen könnte, aber irgendwie fällt mir nix ein, und bevor mir was einfallen kann, fragt Hannes wieder was: »Wieso hast du beim Bevauvau mitgemacht?«

Ich merke, dass ich das eine echt schwere Frage finde. Ich weiß nämlich erst mal keine Antwort und sage »Mh« und »Mmmmh« und gucke aus dem Pavillon in den Regen und auf meine Füße in den nassen Schuhen auf dem Betonboden und wieder in den Regen. Dann sage ich: »Ich wollte wissen, ob du mir ähnlich siehst. Und du?« Hannes lacht wieder. »Seh ich dir denn ähnlich?«, fragt er. »Bisschen«, sage ich. »Ja, stimmt, du siehst mir auch ein bisschen ähnlich«, sagt er. »Und du?«, frage ich noch mal. »Ich find gut, was die machen«, sagt Hannes. »Und ich find's falsch, dass der Staat darüber bestimmen kann, wie eine Familie entsteht und sich zusammensetzt. Ich finde, das sollte jeder selbst entscheiden dürfen, Hauptsache, die Menschen in einer Familie sind gut zueinander. Und um gegen diese Staatsscheiße vorzugehen, habe ich mich beim Bevauvau angemeldet. Und auch, weil ich wissen wollte, ob es da jemanden gibt.« Ich hab ja auch schon viel nachgedacht über den Bevauvau, aber noch nie so direkt darüber, ob ich das mit der Familienwahl jetzt gut oder schlecht finde, und über »den Staat« hab ich wirklich noch gar nicht nachgedacht.

»Jemanden, der in der gleichen Frau war wie du?«, frage ich. Hannes lacht schon wieder und das finde ich blöd. »Ja, quasi«, sagt er. »Unser Blut ist zur Hälfte gleich«, sage ich. »Stimmt«, sagt er und lacht zum Glück nicht.

Aber nachdem ich das gesagt hab, bin ich auf einmal total enttäuscht. Weil ich merke, dass ich nix merke. Also, ich meine, keine Ahnung, was ich erwartet hab, aber irgendwie schon mehr. Dass man irgendwie doch was fühlt, wenn man verwandt ist. Dass da was Besonderes ist, dass es irgendwo kribbelt oder man den andern toll findet oder so was. Oder so wie die Frau auf der Bevauvau-Seite geschrieben hat, dass es einem plötzlich viel besser geht, weil man merkt, dass der andere einem gefehlt hat. Wie hat sie das gesagt, was mit einer Lücke, die es dann nicht mehr gibt, oder so? Aber ich merke überhaupt nix. Neben mir sitzt ein fremder Hannes, der mir ein bisschen ähnlicher sieht als Leandra früher, aber auch nicht so richtig viel mehr, und der ganz nett ist, aber irgendwie ist er auch egal. Und ich verstehe auf einmal überhaupt nicht mehr, was ich am Bevauvau so toll fand, dass ich das machen wollte, und ich verstehe auch nicht, was so schlimm daran sein soll, mit seinem Geschwister nicht »blutsverwandt« zu sein, aber auch nicht, was so schlimm daran sein soll, es doch zu sein. Weil, ich meine, wenn ich jetzt mit Hannes aufgewachsen wäre, wär der halt mein Bruder Hannes und ich hätte ihn bestimmt ungefähr so lieb wie Sonja. Aber jetzt hab ich ihn null lieb, ich kenn ihn ja gar nicht und ich glaub, ich will ihn auch gar nicht kennenlernen. Nicht, weil ich ihn doof finde, aber ich weiß nicht, was mir das bringen soll.

In meiner Hosentasche vibriert es. Ich hole mein Handy raus. Sonja hat geschrieben. »Wie ist er???????« Ich schreibe zurück: »Langweilig.« Und dann noch, und das mach ich sonst nie, aber grade find ich es irgendwie richtig: »Hab dich lieb.« Dann steh ich auf und stecke das Handy zurück in die Hosentasche. »Ich muss los«, sage ich zu Hannes. Er guckt total erstaunt, mit aufgerissenen Augen, die aussehen wie meine, und ich guck noch mal genauer hin, weil das ja das einzig Spannende ist grade. »Schon? Dafür bin ich jetzt drei Stunden Auto gefahren?« »Ja, sorry«, sage ich und dann noch mal: »Sorry!« »Willst du meine Nummer haben?«, fragt er. »Dann können wir es ja wann anders noch mal versuchen, wenn es dir grade zu viel ist.« »Nee«, sage ich, weil es mir ja gar nicht zu viel ist, sondern eher zu wenig. »Na klasse«, sagt Hannes und sieht jetzt fast ein bisschen sauer aus, aber nicht so, als würde er mir gleich eine reinhauen oder was anderes aus Wut machen. Ich halte ihm meine Hand hin. »Tschüss, war nett«, sage ich. »Ja«, sagt Hannes. »Tschüss Muriel.«

Ich spanne meinen Schirm auf und gehe. Die Wasserflasche stelle ich neben einen Mülleimer. Vielleicht hat ja jemand Durst, ein Obdachloser oder so. Ich ziehe wieder mein Handy raus. Hinter meinen Nachrichten an Sonja sind blaue Häkchen, sie hat sie also schon gesehen, aber nicht geantwortet. Ich tippe mit einer Hand: »Und du mich nicht oder wie???« Das »online« ploppt unter ihrem Namen auf, dann das »schreibt …«. Dann vibriert es. »Doooooooooooch, und wie <3«, schreibt Sonja.

Die Schwache

Ich fand von Anfang an widerlich, wie sie gerochen hat. Damals hatte ich kein Wort dafür, nur eine Beschreibung: »Wie das Stroh, das man beim Saubermachen aus dem Kaninchenstall holen muss.« Habe ich so zu meiner Mutter gesagt. Gab Fernsehverbot. Heute weiß ich, dass Jelena nach Talg gerochen hat, nach dem Talg ungewaschener Haare. Selbst, wenn sie gewaschen waren. Sie riecht auch jetzt so, als wir uns sehr kurz umarmen und ich ihr mein Beileid ausspreche. Das muss sein, Mama hat mich drum gebeten. Um ihretwillen also, nicht mal um des lieben Friedens willen, umarme ich Jelena und sage: »Mein Beileid.« Dabei stimmt das gar nicht. Jelena tut mir niemals leid, nicht mal, wenn ihr Vater stirbt. Sorry, Jelena, not sorry!

Wir gehen rein und das ist, als würden wir eine Filmkulisse betreten, so arrangiert und ausstaffiert sieht alles aus und die Leute wie verkleidet in ihren schwarzen Sachen. Auf der schwarzen Totenfahne mit dem violetten Christusmonogramm steht: »Wer an mich glaubt wird leben.« Es fehlt ein Komma, das fällt mir als Erstes auf. Dann sehe ich den Sarg und die Blumen. Den Kranz aus gelben und weißen Blüten, den meine Mutter bestellt hat, mit dem weißen Band. »In stiller Trauer, Merit und Antonie«, steht darauf. Der Kranz daneben, blaue und gelbe Blüten, und ein blaues Band mit goldener Schrift: »In tiefer Liebe, Jelena«. Wir hatten Streit, wegen der Kränze und der Bänder. Den habe natürlich ich angezettelt. Meine Mutter wollte einen Kranz von uns dreien zusammen. Aber ich war erstens gegen »In tiefer Liebe«, weil das bei mir nun mal einfach nicht stimmt, und zweitens dagegen, mit Jelena auf einem Band zu stehen. Hat schon gereicht, dass wir in der Todesanzeige zusammen genannt wurden. Wir gehören nicht zusammen. Meine Mutter sagte, ich solle mich nicht so anstellen, zu mehr hatte sie aber keine Kraft. Sie ist ja sowieso sehr nachsichtig mit mir, schon immer gewesen. Kurzzeitig waren mal drei Kränze im Gespräch und ich sehe es als meinen persönlichen Sieg, dass ich jetzt gemeinsam mit meiner Mutter einen habe. Und dass Jelena einen alleine hat. So sieht es nämlich aus. Sie ist jetzt alleine, da nützt ihr ihre tiefe Liebe auch nichts mehr.

Meine Mutter ist blass, aber sieht ansonsten super aus. Schwarz steht ihr einfach gut, es macht sie elegant. Sie setzt sich neben Jelena, die natürlich auch Schwarz trägt, aber darin natürlich nicht elegant aussieht, sondern grob und tollpatschig wie immer. Meine Mutter legt ihr eine Hand auf den Arm, weil Jelena Tränen in den Augen hat, und Jelena schaut meine Mutter mit diesen feuchten Augen an und versucht zu lächeln. Meine

Mutter streichelt und drückt Jelenas Arm kurz, sie lächelt zurück. Dann sieht Jelena kurz zu mir auf und je eine Träne rollt rechts und links ihre Wange hinunter. Sie ist so schwach, sie hat als Kind auch immer geheult, wenn irgendwas nicht so lief, wie sie wollte. Dass Ralf stirbt, wollte sie vermutlich auch nicht, und ich kann mir schon vorstellen, dass das schlimm für sie ist. Mein Vater ist schließlich auch gestorben, ich weiß also ungefähr, wie sich das anfühlt. Aber deswegen muss sie sich noch lange nicht den Trost meiner Mutter erschleichen. Ich setze mich also neben meine Mutter und gebe ihr einen Kuss auf die Wange. »Du siehst gut aus«, sage ich. Jelena wischt sich mit dem Handrücken die Tränen aus dem Gesicht und atmet tief ein.

Früher, ganz am Anfang, als wir uns drei Wochen ein Zimmer teilen mussten, weil im Haus noch umgebaut wurde, da habe ich es gehasst, Jelena nachts atmen zu hören. Ich hatte immer so eine Vorstellung davon, wie stinkende Dämpfe aus ihrem Mund zu mir rüberziehen. Manchmal ist mir richtig schlecht geworden von dem Gedanken. Wenn ich mich echt reingesteigert habe, dann ging es weiter damit, dass sie rüberkommt und sich zu mir ins Bett legt, weil sie so alleine ist und niemand sie mag, und dass sie sich mich als Bezugsperson ausgesucht hat, damit wir coole Stiefschwestern sein können, die immer zusammenhalten. Das ist zwar nie passiert, aber wenn sie es versucht hätte, wäre auch echt die Hölle los gewesen.

Die Orgel orgelt los, wir stehen auf und der Pfarrer und die Messdiener ziehen ein, das läuft alles nach Plan. So ein Gottesdienst hat ja eine feste Choreografie, damit sich all die schwachen Menschen, die ihr Leben nicht geregelt kriegen, an irgendwas festhalten können. Meine Mutter nimmt meine Hand und das tut mir gut. Nicht, weil ich jetzt Trost gebrauchen kann, sondern weil sie nicht Jelenas Hand nimmt. Der Pfarrer besprengt den Sarg mit Weihwasser.

Als Ralf schon im Krankenhaus lag und ziemlich sicher war, dass er wohl nicht wieder nach Hause kann, habe ich ihn besucht. Ich hatte mit Ralf eigentlich nie ein Problem. Er war immer nett zu meiner Mutter und er war meistens auch nett zu mir. Aber er hat natürlich immer zu Jelena gehalten. Ich nehme ihm das nicht übel, an seiner Stelle hätte ich es genauso gemacht. »Ach, Antonie«, hat er zu mir gesagt, als er da so bleich und dürr im Krankenbett lag. »Wir hätten es so viel einfacher haben können.« »Ja, aber das Leben ist halt nicht immer einfach«, habe ich gesagt. »Altklug wie immer«, hat er gesagt und dann haben wir über was anderes gesprochen. Komisch eigentlich, wie wenig nah man einem Menschen sein kann, obwohl man sieben Jahre mit ihm in einem Haus gewohnt hat.

»Jesus sprach: Ich bin das Licht der Welt. Wer mir nachfolgt, wird nicht wandeln in der Finsternis, sondern wird das Licht des Lebens haben«, sagt der Pfarrer. Aus dem Augenwinkel kann ich sehen, dass Jelena die Hände im Schoß gefaltet und den Kopf gesenkt hat. Es ist kalt in der Kirche, ich ziehe meinen Mantel enger um mich und verschränke die Arme vor der Brust. Meine Mutter sieht kurz zu mir rüber. »Mir ist kalt«, flüstere ich.

All die Jahre, die wir mit Ralf und Jelena zusammengewohnt haben, hat meine Mutter damit verbracht, darauf aufzupassen, dass ich mich einigermaßen gut benehme. Heute tut mir das fast ein bisschen leid, das muss schon ganz schön anstrengend für sie gewesen sein. Aber sie hätte es ja nicht tun müssen. »Sei doch ein bisschen netter zu Jelena.« Das hat sie oft gesagt. Es war auch das Erste, was sie gesagt hat, als wir einander vorgestellt wurden, zumindest so ungefähr: »Das ist Jelena, Ralfs Tochter. Sei nett zu ihr, sie ist ein bisschen schüchtern.« Jelena sah mich an und gleich wieder weg. Sie war schon damals kleiner als ich, obwohl älter, hatte krauses Haar, einen untersetzten Körper und dickliche Wangen. Ich musste sofort an die Illustrationen in dem Buch »Eine kleine Dickmadam« denken, das meine Oma mir früher immer vorgelesen hat. Die Dickmadam mit den blonden Locken und dem runden Gesicht sollte wohl eigentlich eine Sympathieträgerin sein, aber ich fand sie blöd. Und Jelena fand ich auch sofort blöd, denn die machte noch nicht mal so ein dummfreundliches Gesicht wie die kleine Dickmadam. Ich war acht Jahre alt, Jelena zehn. Mein Vater war seit zwei Jahren tot und meine Mutter schon seit einigen Monaten mit Ralf zusammen. Jelena ist seine Tochter aus erster Ehe, er hat damals das alleinige Sorgerecht bekommen, warum, weiß ich bis heute nicht. Ich habe nie danach gefragt und mir hat nie jemand davon erzählt. Wahrscheinlich stimmt mit Jelenas Mutter irgendwas nicht, das würde zumindest einiges erklären.

Wir gingen in Jelenas Zimmer, im Haus ihres Vaters (in dem Haus also, in dem ich später auch wohnen sollte), um zu spielen, obwohl ich darauf gar keine Lust hatte. Jelena setzte sich an ihren Schreibtisch und fing an zu malen. »Willst du auch was malen?«, fragte sie. Wahrscheinlich wollte sie gleich mal dafür sorgen, dass wir Freunde sind, und sicher hatte Ralf sie darum gebeten, sie hat eh immer gemacht, was er sagt. »Nein«, sagte ich, weil ich mir vorgenommen hatte, zu allem, was sie sagte und fragte, erst mal »Nein« zu sagen. Ich wollte so sein wie eins dieser trotzigen, abweisenden Kinder in Kinderserien, nur, dass ich mich nicht würde aufweichen lassen wie die immer alle, ich wollte hart bleiben. Ich setzte mich aufs Bett und starrte Jelenas Poster an, Tiere hauptsächlich, eine rennende Pferdeherde mit wehenden Mähnen, drei süße Küken, eine Eisbärenmutter mit Eisbärenbaby. Und ich sah mich von außen, wie ich dasaß, mit verschränkten Armen, und das gefiel mir, das war genau richtig so. Es roch komisch und weil ich nichts zu tun hatte, konzentrierte ich mich auf den Geruch. Ich stand also doch auf, um Jelena beim Malen über die Schulter zu schauen und um so rauszufinden, ob der Geruch von ihr kam, ließ meine Arme aber weiter verschränkt, das war wichtig und gehörte dazu. »Was ist?«, fragte Jelena und sah mich an und ich musste an ein kleines Schweinchen denken, ein Ferkel. »Nix«, sagte ich, war mir jetzt aber sicher, woher der Geruch kam.

Es war ein schrecklicher Nachmittag und von da an waren die Rollen klar verteilt: Sie war die Schwache und ich war die Starke und es stand fest, dass ich sie nicht mag, da konnte sie machen, was sie wollte, aber eigentlich war sie ja sowieso zu schwach, um irgendwie dafür zu kämpfen, dass es zwischen uns klappt. Und immer, wenn meine Mutter das bemerkte, sagte sie: »Sei doch ein bisschen netter zu Jelena.« Zwei, drei Jahre, nachdem wir bei Ralf eingezogen waren, fing meine Mutter an, »Sei doch ein bisschen netter zu deiner Schwester« zu sagen. Eigentlich hätte sie wissen müssen, dass sie damit alles nur noch schlimmer gemacht hat.

»Herr erbarme dich«, sagt der Pfarrer. »Herr erbarme dich«, wiederholt die Gemeinde. »Christus erbarme dich«, sagt der Pfarrer. »Christus erbarme dich«, wiederholt die Gemeinde. Ich bewege nur die Lippen, das dürfte reichen. Ich höre die Stimme meiner Mutter. Und daneben höre ich Jelena, so laut spricht sie, als könnte es ihr irgendwie helfen, wenn sie Gott und Jesus möglichst laut um Erbarmen bittet.

Auf dem Friedhof stehen wir am offenen Grab. Das alles dauert so unglaublich lange und es wird so viel geredet, dass ich aufgehört habe zuzuhören. Eben, als die Sargträger den Sarg aus der Kirche geschleppt haben, habe ich gedacht, wie verlogen dieses ganze Ritual ist. Die Sargträger sind irgendwelche von der Stadtverwaltung gestellten Typen in schwarzen Anzügen, die Ralf sicher nicht gekannt haben. Die sollen dann natürlich langsam und möglichst aufrecht gehen, während sie den schweren Kasten schleppen. »Schreiten«, das stünde vermutlich im Jobprofil eines Sargträgers. Aber weil so ein Sarg ja verdammt schwer ist, sieht das immer völlig bescheuert und gezwungen aus, eben hat man die Muskeln der Träger regelrecht zittern sehen vor Anstrengung, und wenn alle ehrlich wären, hätte mindestens einer gesagt: »Lass mal schneller gehen, das Ding ist verdammt schwer!« Oder: »Können wir kurz Pause machen?« Oder: »Halt, ich muss mal kurz absetzen.« Aber nix da, schweigend und langsam wurde geschleppt und wir sind schweigend und langsam hinterhergegangen. »Schreiten« würde vermutlich auch im Jobprofil eines Beerdigungsbesuchers stehen. Oder in der Regieanweisung für einen Schauspieler, der einen Beerdigungsbesucher spielt. Das ist ja auch ungefähr das, was ich hier die ganze Zeit mache.

Neben dem Grab steht eine riesige Vase mit weißen Rosen darin, auf der anderen Seite ein Eimer mit Erde und einer kleinen Schaufel. Nacheinander müssen jetzt alle ans Grab treten, Blume und Erde hineinwerfen und dann noch ein bisschen rumstehen. Oder andersrum, keine Ahnung, ob Gott sich da eine bestimmte Reihenfolge wünscht. Jelena geht als Erste und ich bin gespannt, ob sie dramatisch wird und vielleicht am offenen Grab zusammenbricht oder so, aber macht sie nicht. Sie wirft eine Blume auf den Sarg, dann eine Schaufel Erde, dann steht sie bloß da und starrt, ich sehe ihren Bauch unter dem schwarzen Mantel. Sie hebt die Hand, in der sie ein Taschentuch zusammengeknüllt hat, und wischt sich die Nase ab. Manche Menschen sind schön, wenn sie traurig sind, sie kriegen dann so eine Anmut. Jelena nicht, das habe ich aber auch nicht erwartet, sie sieht bloß aus wie ein Häuflein Elend. Nach ihr geht meine Mutter zum Grab und ich sehe weg. Auch wenn mich das alles hier kaum berührt, meine Mutter trauern zu sehen, das macht dann doch etwas mit mir und zwar nichts Gutes. Ich schaue erst wieder auf, als ich den Kies knirschen höre, weil sie fertig ist mit ihrem Abschied, und dann bin ich dran.

Es ist wie Schaulaufen, ich fühle mich beobachtet, werfe das Zeug ins Grab und dann will ich innerlich bis zehn zählen. Stattdessen halte ich in meinem Kopf tatsächlich eine kleine Abschiedsrede: »Tschüss Ralf, tut mir leid, dass du nicht mehr da bist, vor allem für Mama. Du warst nie mein Vater, ich nie deine Tochter, Jelena nie meine Schwester, wir waren keine Familie, aber du hast das auch nie verlangt und das rechne ich dir hoch an.« Blöderweise habe ich dann auch noch echt einen Kloß im Hals, aber ich schlucke ihn runter, im Runterschlucken bin ich gut. Als ich vom Sarg aufschaue und rübergehe zu meiner Mutter und Jelena, beobachtet Jelena mich. Hoffentlich hat sie nicht gesehen, dass mich das gerade berührt hat, dann denkt sie am Ende noch, das Ganze würde dafür sorgen, dass wir uns näherkommen und zusammenrücken und dass ich mich später dafür entschuldige, dass wir keinen gemeinsamen Kranz haben, wo wir doch eigentlich eine Familie sind.

Dass das Essen nach der Beerdigung »Leichenschmaus« genannt wird, ist vielleicht das einzig Ehrliche an der ganzen Veranstaltung. Wir haben einen ganzen Raum in einem lieblosen Lokal, es gibt Kaffee und Kuchen und Ralfs jüngerer Bruder, der neben mir sitzt, stellt mir Fragen zu meinem Lebenslauf, was ich so mache, wo ich so hinwill, jobmäßig und so. Er ist eigentlich ein ganz cooler Typ, so einer, dessen Anzug sitzt und der graue Schläfen hat, aber noch sehr viel dunkles Haar auf dem Kopf, und der sehr viel schwarzen Kaffee trinkt, aber das Stück Streuselkuchen zur Hälfte auf dem Teller liegen lässt. Vielleicht ist man auch nicht gut im Essen, wenn man gerade den eigenen Bruder beerdigt hat. Ich sehe meiner Mutter an, dass es ihr gefällt, dass ich mich mit Jochen – so heißt der Bruder – so erwachsen unterhalte, sie lächelt mir aufmunternd zu. Aber über dem Lächeln schwimmen ihre rot geweinten Augen, darum macht es mich bloß traurig und ich finde es auf einmal sehr anstrengend, mit Jochen zu sprechen. Jelena, die mir schräg gegenübersitzt, redet mit ihrer Tante, sie tauschen wohl Geschichten über Ralf aus, wie man das bei einem Leichenschmaus so macht. Sie lachen sogar, soll man ja auch, verläuft also alles nach Plan, schön für sie. »Ich geh mal eine rauchen«, sage ich mehr oder weniger mitten im Gespräch und Jochen sagt: »Oh, okay«, weil es ja sehr unvermittelt kam, und meine Mutter, die gerade Jelena und ihrer Tante zugehört hat, sieht kurz zu mir rüber und lächelt nicht mehr. Aber ich muss echt mal raus hier.

Vor der Tür steht noch jemand und raucht, ein junger Typ, vielleicht ein paar Jahre älter als ich. Ich habe keine Ahnung, warum er hier ist, was seine Verbindung zu Ralf ist, vielleicht ist es ein Cousin von Jelena oder so. Er sieht gar nicht schlecht aus, bisschen klein vielleicht, aber ansonsten okay. Kurz denke ich, dass es vielleicht cool sein könnte, mit ihm zu flirten, ein Flirt auf einer Beerdigung, das wäre doch auch so ein bisschen filmmäßig. Also zünde ich meine Zigarette an und suche dabei

Blickkontakt, den er auch annimmt und lächelt, aber in dem Moment finde ich die Idee auf einmal total blöd und schaue wieder weg. Ich drehe mich sogar etwas zur Seite, sodass unsere Blicke sich auch nicht zufällig wieder begegnen können. Ich höre, wie er »Hey« sagt, und schaue aus dem Augenwinkel hin. Er will gerade reingehen und hat nicht mit mir gesprochen, sondern jemanden gegrüßt, der aus dem Lokal kommt. Es ist Jelena, die auf sein »Hey« mit »Hallo Jannis« antwortet und dabei total resigniert klingt, so, als würde sie gleich seufzen oder so. Ich rolle für mich selbst mit den Augen, kann ja kein anderer sehen, aber ich habe das Bedürfnis danach, weil es mich so nervt, dass sie rauskommt.

»Kann ich auch eine haben?«, fragt Jelena und bleibt neben mir stehen. Ich schaue sie an, skeptisch, vielleicht sogar abschätzig, jedenfalls sicher nicht nett.

»Du rauchst?«, frage ich.

»Joa«, sagt sie und zuckt mit den Schultern. »Also?«

Ich halte ihr die zerknautschte Packung hin und sie nimmt sich mit spitzen Fingern eine Zigarette raus, als würde sie das Päckchen nicht berühren wollen.

»Kann ich auch Feuer haben?«, fragt sie. Sie ist patzig. Das Wort passt vielleicht am allerbesten zu ihr. Hat schon immer am besten gepasst. Patzig, dass man nicht nett zu ihr ist. Patzig, weil sie gemocht werden will, aber nicht gemocht wird. Ich gebe ihr das Feuerzeug, sie zündet ihre Zigarette an und inhaliert tief, hält den Rauch lange ein, dann lässt sie ihn in einem langen Stoß wieder raus, mit einem Seufzen. Es klingt irgendwie erleichtert. Ich hätte nie gedacht, dass sie raucht, und dann auch noch so genussvoll. Wenn, hätte ich eher gedacht, sie wäre eines von diesen Mädchen, die hektisch dran ziehen, den Rauch durch die fast geschlossenen Lippen wieder rauspressen und kurz husten. Mir fällt auf, dass der Dutt, in den sie ihre komisch krausen Haare gebunden hat, sehr ordentlich aussieht, beinahe professionell.

»Ich wusste gar nicht, dass du rauchst«, sage ich und wundere mich über mich selbst, weil ich damit ja quasi eine echte Konversation beginne. Im Drehbuch zum Film über Jelenas und meine Beziehung, in dem wir gemeinsam ihren Vater beerdigen, müssten wir in dieser Szene schweigend nebeneinanderstehen, und dann geht sie wieder rein und man sieht, wie ihr die Tränen runterlaufen, und ich zünde mir noch eine an und dann kommt der Abspann.

»Woher auch?«, sagt Jelena und klingt immer noch patzig. Irgendwie erleichtert mich das, weil Patzigkeit zwar auch nur Teil ihrer Schwäche ist, aber immer noch besser, als wenn sie jetzt zusammenbricht und mir ihr Herz ausschüttet.

»Ich rauch schon lange. Schon seit ich vierzehn bin oder so«, sagt sie leicht näselnd und mit der gepressten Stimme, die man hat, wenn man den Rauch einhält, dann pustet sie ihn wieder lang aus. »Du hast das nur nie mitbekommen.«

Ich schaue sie kurz von der Seite an. Sie hat rote Flecken auf den Wangen.

»Du warst ja immer mit dir selbst beschäftigt und ich hatte auch echt keinen Bock, dich irgendwie näher kennenzulernen. Papa hat immer zu mir gesagt: ›Sei ein bisschen netter zu Antonie‹, aber ich hab das irgendwie nie eingesehen.« Sie macht eine kurze Pause. »Ich fand dich einfach scheiße.«

Ich muss husten. Ich lasse die Kippe fallen und drücke sie mit der Schuhspitze aus.

»Und dann bist du auch noch in unser Haus gezogen und alles wurde umgebaut und so. Deine Mutter, also, ich fand's schon okay, dass Papa wieder eine neue Frau hat, so eine wie meine

Mutter hatte der echt nicht verdient. Aber dass du dann auch da warst, hat mich echt genervt.«

Sie macht wieder eine Pause, aber sieht mich nicht an. Es ist, als wäre ich gar nicht da, dabei geht es ja um mich. Anscheinend ist sie extra rausgekommen, um mir zu sagen, dass sie mich scheiße findet. Ganz schön unverschämt.

»Ich hab meinen Freunden direkt, als ich dich kennengelernt hab, gesagt, dass ich dich scheiße finde«, sagt Jelena.

Sie schnippt die Asche von ihrer Zigarette. Ich ziehe eine neue aus der Packung, drehe sie um und stecke sie wieder rein. Das mache ich jetzt mit allen hintereinander und wenn das hier noch nicht vorbei ist, wenn alle Zigaretten umgedreht sind, dann drehe ich sie eben noch mal um.

»Du warst einfach immer so unfassbar arrogant. Du hast immer die Abweisende gespielt, die suuuperschwer zu knacken ist und totaaal schwierig ist. Ich wollte dich bloß nie knacken. Manchmal hat mich das echt irre gemacht, wie du immer so herausfordernd getan hast, immer dieses Sticheln und Provozieren. Du hättest mich auch einfach in Ruhe lassen können, dann wär alles viel einfacher gewesen. Aber du wolltest immer, dass ich irgendwie auf dich reagiere. Das hat so krass genervt. Richtig krass.«

Hinter uns kommt jemand aus dem Lokal und Jelena hört auf zu reden. Ein Mann und eine Frau bleiben bei uns stehen, die Frau sieht irgendwie intensiv aus, wie ein Greifvogel auf Diät, und sie umklammert sehr fest den Träger ihrer Handtasche.

»Tschüss Jelena«, sagt sie. »Alles Gute.« Und dann machen sie Küsschen rechts, Küsschen link, und Jelena hält die Frau dabei an den Schultern und spreizt die Finger mit der Zigarette ab. Der Mann gibt Jelena die Hand und sagt: »Ja, alles Gute und Kopf hoch.« Jelena lächelt und sagt: »Danke, dass ihr da wart.«

Der Mann und die Frau gehen. Jelena schnippt ihre Kippe weg, sie macht einen Glühbogen in der Luft und dann einen Glühpunkt auf dem Pflaster.

»Jedenfalls«, sagt Jelena und sieht mich dabei jetzt sogar an, von der Seite, und ich schaue auf meine Kippenpackung und auf meine Finger, »was ich noch sagen wollte: Du denkst immer, dass alle dich total tough und cool finden und gerne von dir gemocht werden wollen und du deswegen alle verletzten kannst, indem du scheiße zu ihnen bist, und das befriedigt dich irgendwie. Du bist ne Sadistin, Antonie. Oder irgend so was.«

Ich könnte mich wehren. Aber ich kann nicht.

»Und ich bin verdammt froh, dass wir jetzt nichts mehr miteinander zu tun haben müssen. Ich wollte nie eine Schwester und wenn, dann eine, die normal ist.«

»Dann sind wir ja einer Meinung«, sage ich. Zum Glück kam mir das gerade so in den Sinn. Aber Jelena reagiert gar nicht darauf, sie redet einfach weiter.

»Und eins noch: Heuchle hier nicht so rum. An Papas Grab, das war total geschmacklos, wie du da so traurig getan hast. Du hast kein Recht, um meinen Vater zu trauern. Lass es einfach.«

Sie ist jetzt nicht mehr patzig, sie ist sauer. Lauter geworden ist sie auch. Aber ihre Stimme ist sehr fest, nicht so, als würde sie gleich heulen.

»Und du hast kein Recht, von meiner Mutter getröstet zu werden«, sage ich und mache die Kippenschachtel zu. Alle Zigaretten sind wieder richtig rum drin.

Jelena macht ein abfälliges Geräusch, wie ein zischendes Ventil. »Wenn sie mich trösten will, ist das ihre Sache«, sagt sie. »Ich brauche ihren Trost nicht. Aber nett, wenn sie es trotzdem macht. Vor allem solltest du sie trösten. Aber dir geht's ja immer nur um deine Wirkung. Alles, was du machst, ist berechnend und totaler Fake.«

Ich will irgendwas sagen, »Jetzt reicht's« oder »blöde Fotze« vielleicht, aber dann sage ich: »Willst du noch eine rauchen?«

»Nein«, sagt Jelena. Und dann nichts mehr. Sie seufzt, es ist mehr ein Schnaufen. Und dann geht sie einfach. Geht wieder rein.

Ich nehme mir noch eine Kippe und zünde sie an und habe wieder so einen Kloß im Hals, den ich runterschlucke, was mir schwerer fällt als eben noch, aber es geht schon, im Runterschlucken bin ich ja gut.

Das andere Kind

Am Anfang ging alles ganz schnell. Plötzlich war es so, dass ein anderes Kind kommen sollte. Die Mutter und der Vater erzählten Moritz beim Samstagsfrühstück von dem anderen Kind. Ein Junge, der elf Jahre alt sei und Karin hieße, werde bald bei ihnen zu Besuch sein, und wenn es ihm hier gefiele und ihnen allen mit ihm, sogar für länger bleiben. Moritz fand das komisch, vor allem den Namen. Karin? Obwohl das andere Kind doch ein Junge sein sollte? Das wollte Moritz einfach nicht glauben und dachte, er würde den echten Namen des anderen Kindes schon erfahren, wenn es erst mal da wäre, die Mutter hatte da sicher was verwechselt. Und warum überhaupt ein anderes Kind zu Besuch kommen sollte, fragte er, und die Mutter und der Vater erklärten, dass das andere Kind keine Eltern mehr habe, weil es aus einem anderen Land komme, in dem Krieg sei, und sie würden darum einspringen. Sie seien Ersatzeltern für das andere Kind und Moritz sei dann ein Ersatzbruder und das andere Kind ein »großer Bruder«.

Das sagte auch die Frau, die am Nachmittag zu ihnen nach Hause kam, die sich das Haus ansah und den Eltern viele Fragen stellte: Ob sie selbst kochten und gemeinsam am Tisch aßen, und ob sie Ausflüge machten, und wo auf der Welt sie schon gewesen seien. Sie sprach auch mit Moritz und Moritz war freundlich, denn zu Besuch soll man freundlich sein, und sie fragte, ob er sich denn über einen »großen Bruder« freuen würde, und Moritz sagte: »Ja!« Das stimmte sogar irgendwie, denn Moritz hatte die Nachbarskinder immer beneidet, die im Sommer zusammen im Garten spielen konnten, ohne fragen zu müssen, ob sie irgendwohin gehen oder irgendwen einladen durften. Und der Gedanke, so jemanden bald auch zu haben, jemanden, mit dem man immer spielen konnte, der gefiel Moritz gut, und er versuchte, über nichts anderes nachzudenken. Nicht über das Komische an der ganzen Sache, sondern nur darüber, was man alles würde zusammen machen können, zum Beispiel ins Schwimmbad gehen, und dass die Nachbarskinder dann vielleicht auch mal neidisch sein würden, weil sie keinen großen Bruder hatten, der aus einem anderen Land kam, in dem Krieg war. Darauf konzentrierte Moritz sich und versuchte, nicht weiter über den seltsamen Namen nachzudenken und auch nicht darüber, wie komisch es war, einfach so einen großen Bruder zu bekommen, obwohl er ja wusste, dass man einen großen Bruder entweder schon immer hat oder eben nicht, ein großer Bruder kam eigentlich nicht einfach so dazu. Beim Abendessen an diesem Samstag war Moritz sehr still, weil er vor lauter Gedanken nicht wusste, welchen er aussprechen sollte, und das Gefühl hatte, wenn er einen aussprechen würde, würde der nächste ihn schon überholen und dann gäbe es ein großes Durcheinander. Moritz war aufgeregt und müde auf einmal und trank seinen roten Tee aus und die Mutter strich ihm über den Kopf und sagte: »Das war ein ganz schön aufregender Tag für dich, hm?« Moritz sah nach, ob die Teetasse auch wirklich leer war, und versuchte dann, den letzten Rest, der ganz unten noch zu sehen war, zu trinken, indem er den Kopf ganz weit zurücklegte und ein schlürfendes Geräusch machte. Dann stellte er die Tasse auf den Tisch und sah noch mal hinein. Man konnte einfach nie alles austrinken. »Hast du denn noch Fragen zu deinem Pflegebruder, Moritz?«, fragte der Vater und Moritz schüttelte den Kopf, obwohl er bestimmt sehr viele Fragen hatte, aber er wollte nicht nachdenken, weil er zu viele Gedanken hatte und jetzt auch noch der dazukam, dass das andere Kind nicht nur Ersatz- und großer, sondern auch noch Pflegebruder war. Moritz merkte, dass den Eltern die Sache mit dem anderen Kind sehr wichtig war, dass sie sich freuten, aber auch aufgeregt und besorgt waren, denn sie hatten sehr viel gelächelt, als die Frau da gewesen war, und sie lächelten auch jetzt sehr viel und redeten gar nicht diese ganzen normalen Sachen, die sie sonst beim Abendessen immer redeten und die Moritz so vertraut waren, über das Essen oder das Wochenende oder die Woche oder Freunde oder Oma und Opa oder die Nachrichten. Moritz saß gerne dort und aß und trank seinen roten Tee und sagte manchmal etwas oder antwortete, wenn er etwas gefragt wurde, aber am liebsten hörte er einfach zu und freute sich darauf, später mit dem Vater oder der Mutter im Bett noch aus einem Buch vorgelesen zu bekommen. Aber jetzt konzentrierten sie sich so sehr auf ihn, dass es ihm ganz unangenehm wurde, sie waren so, wie sie waren, wenn sie sich Sorgen machten. »Papa«, sagte Moritz, »wollen wir das Buch weiterlesen?« »Jetzt schon?«, fragte der Vater. »Ja, ich putze auch extrafrüh Zähne!«, sagte Moritz und stand auf, küsste die Mutter auf die Wange, lief ins Bad und freute sich schon auf dem Weg auf den Geschmack der Zahnpasta.

Im Bett kuschelte sich Moritz an den Vater und hörte ihm zu, wie er vorlas, und spürte dem Lesen nach, weil er die Stimme des Vaters am linken Ohr spüren konnte, mit dem er auf seiner Brust lag. Alles war gut, bis die Lesezeit vorbei war und der Vater fragte, ob Moritz wirklich keine Fragen mehr habe oder noch etwas sagen wolle, zu der Sache mit dem großen Bruder. »Nein«, sagte Moritz und das gute Gefühl ging dabei ein bisschen verloren. »Okay«, sagte der Vater, »ich hab dich lieb.« Er gab Moritz einen Kuss und sagte gute Nacht und die Mutter kam und gab Moritz einen Kuss und sagte gute Nacht und dann machten sie das Licht aus. Moritz konnte nicht schlafen, weil heute so viel los gewesen war und der Tag sich darum in die Nacht hineindrängte und dort herumtobte und die Nachtruhe nicht die Überhand gewinnen konnte über Moritz. Moritz versuchte, die Unruhe zu vertreiben, indem er sich wieder auf das Gute konzentrierte. Auf einen großen Bruder, um den die Nachbarskinder ihn beneiden würden. Groß würde er sein, natürlich, große Brüder waren groß, immer größer als die anderen Geschwister, das kannte Moritz aus Familien von Freunden, in denen es große Brüder gab. Sein großer Bruder würde aber ein besonderer sein, weil er so plötzlich dazukam, und noch dazu aus dem Krieg. Wer aus dem Krieg kam, der war sicher sehr stark, dachte Moritz, ein Krieger eben, vor dem die Nachbarskinder sogar Angst haben würden, aber Moritz würde keine Angst haben müssen, weil das andere

Kind auf seiner Seite wäre. Das andere Kind hatte vielleicht sogar eine Waffe und einen Schild, ganz sicher aber Muskeln und Mut. Moritz dachte an seine Krieger-Karten von Yu-Gi-Oh! und an seine beiden liebsten Krieger. Edler Ritter Gawayn, in einer bronzenen Rüstung. Und Edler Ritter Artorigus, der ein blau leuchtendes Schwert aus einem Stein zog. Als der Vater die Karte gesehen hatte, hatte er Moritz die Geschichte von König Artus erzählt, der ein Zauberschwert aus einem Stein gezogen hatte. Ob das andere Kind ein solcher Krieger war? Ein edler Ritter, der ein Zauberschwert hatte, der mutig war und stark? Moritz machte die Nachttischlampe an, stand auf und nahm sein Kartendeck aus dem Regal. Er nahm die Edlen Ritter heraus und mit ins Bett. Er sah sie lange an. Als er endlich müde wurde, legte er sie unter das Kopfkissen und schlief ein.

Wenn er auf einen edlen Ritter wartete und nicht mehr nur auf ein anderes Kind, war das Warten auf das andere Kind leichter für Moritz. Sie warteten gemeinsam auf das andere Kind, die Mutter, der Vater und Moritz, und die Eltern waren zwar immer noch sehr aufgeregt, aber auch jeden Tag ein bisschen fröhlicher. Moritz durfte immer noch alle Fragen stellen, die er stellen wollte, und obwohl er immer noch nicht wollte, überlegte er sich manchmal für die Eltern eine Frage, weil er wusste, wie gerne sie darauf antworteten, und weil er spürte, wie es sie freute. Jetzt, da er ja schon eine ziemlich genaue Vorstellung von dem anderen Kind hatte, fielen ihm zwar gar nicht so viele Fragen ein, aber er fragte zum Beispiel, was sie zusammen machen würden, weil er ja nicht wusste, ob ein Krieger die gleichen Sachen gerne machte, die er selbst gerne machte. Ob sie wohl zusammen ins Schwimmbad gehen könnten, fragte er, oder Schlitten fahren im Winter, oder den Kinderzirkus besuchen? »Klar«, sagte die Mutter. »Aber du musst Karin vielleicht ein bisschen Zeit geben. Er hat viel erlebt und braucht manchmal vielleicht ein bisschen mehr Ruhe als du.« Wenn die Mutter so was sagte und wenn sie den Namen sagte, dann stach es Moritz im Bauch und er bekam Angst, dass alles nicht so schön werden würde, wie er sich das vorstellte. Aber er versuchte, das schnell zu vergessen, weil Angst kein schönes Gefühl war und weil die Mutter und der Vater sich so freuten und Moritz sagten, er werde für das andere Kind ein toller kleiner Bruder sein. Darum wollte er das auch wirklich sein. Und darum strichen sie gemeinsam eine Wand im Gästezimmer mit blauer Farbe (hauptsächlich die Mutter und der Vater, aber Moritz durfte die Farbrollen abrollen und mit dem Pinsel am Rand entlangfahren) und suchten ein Poster mit einem großen Löwen darauf aus, denn das war der König der Tiere, und hingen es an die blaue Wand. Die Mutter bezog das Bett mit neu gekaufter Bettwäsche, auf der Himmel war, und Moritz bekam auch eine neue Bettwäsche mit Himmel. Als er die erste Nacht im Himmel schlief, legte er wieder die Karten unter das Kopfkissen und träumte von dem anderen Kind, wie es auf einem Pferd angeritten kam. Es trug einen Helm und brachte ihnen allen Geschenke mit und es erzählte davon, was es alles erlebt hatte. Aber was das genau war, das wusste Moritz leider nicht mehr, als er am nächsten Morgen aufwachte.

Das andere Kind kam an einem Samstag, als Moritz nicht in den Kindergarten musste. Die Mutter holte es ab und der Vater und Moritz warteten zu Hause und kochten Tee und deckten den Tisch und Moritz durfte mit dem Sieb und einem Löffel Puderzucker auf den Kastenkuchen streuen. Der Vater schnitt den Kuchen auf und Moritz bekam das Endstück, das auf der einen

Seite knusprig-schokoladig war und auf der anderen weichschokoladig. »Das andere Endstück bekommt das andere Kind«, sagte Moritz und der Vater lachte und sagte: »Er wird sich sicher sehr freuen, dass du ihm das Endstück aufgehoben hast.« Moritz fragte sich, ob Krieger wohl überhaupt Schokoladenkuchen mögen, und dann dachte er, dass das andere Kind ja trotz allem immer noch ein Kind war und Kinder mögen immer Schokoladenkuchen und wahrscheinlich hatte das andere Kind lange keinen bekommen, weil es im Krieg gewesen war. Dann hörten sie den Schlüssel in der Tür, ein Geräusch, das Moritz sehr liebte, weil er immer kurz sehr aufgeregt davon wurde, auf eine gute Art aufgeregt, aber in diesem kurzen Moment noch nicht wusste, warum, um dann sofort danach zu verstehen, dass jemand nach Hause kam. Moritz lief voraus in den Flur. Der Vater kam hinterher und als die Tür aufging, hielt Moritz sofort an und hatte plötzlich wieder diese Angst, die er nicht hatte haben wollen, und die vielen Gedanken, die er nicht hatte denken wollen, so, als kämen sie mit der frischen Luft durch den Türspalt. Und dann, als die Mutter und das andere Kind durch die Tür kamen, da fühlte Moritz sich so, als hätte man ihm ein Geschenk versprochen, aber dann keines mitgebracht. Denn das andere Kind, das da durch die Tür kam und dabei von der Mutter leicht hindurchgeschoben wurde, sah gar nicht so aus wie der Edle Ritter Artorigus und auch nicht wie der Edle Ritter Gawayn, es sah überhaupt nicht aus wie ein Ritter oder ein Krieger. Es sah noch nicht mal aus wie ein ganz normaler großer Bruder. Dafür war es viel zu klein, viel kleiner als andere große Brüder, und irgendwie sah es schmutzig aus, vor allem um die Augen, und auch gar nicht stark und mutig, und es schaute ein bisschen so, wie Moritz schaute, wenn er schmollte, mal kurz nach oben und dann wieder auf den Boden. Es trug einen Pullover und eine Jeans, wie jedes andere Kind, und es hatte keinen Helm und keine Geschenke dabei, nur einen Rucksack auf dem Rücken, dessen Träger es festhielt. Die Mutter sagte: »Moritz, das ist Karin.« Da stach es Moritz wieder im Bauch, und als er sah, wie die Mutter kurz den Arm um das andere Kind legte und leicht über seine Schulter streichelte, wie sie es ansah und lächelte und das andere Kind zurückschaute und auch ein bisschen lächelte, da wurde es Moritz noch dazu sehr heiß im Bauch und in den Augen brannte es, wie wenn er bald weinen musste, und er lief in sein Zimmer und schlug die Tür sehr fest und laut zu, obwohl er wusste, dass das verboten war, aber genau deswegen machte er das immer, wenn er wütend oder traurig war, und besonders fest, wenn er beides war, so wie jetzt.

Moritz rollte sich im Bett auf der Seite liegend zusammen und zog sich die Decke mit Himmel bis unter die Ohren und lauschte den Geräuschen im Flur, wo die Eltern leise sprachen und wo Jacken aufgehängt und Schuhe ausgezogen wurden. Dann kamen die Stimmen näher und dann waren sie wieder weiter weg, weil alle im Wohnzimmer waren, wo der Tisch gedeckt war. Wie schrecklich alles auf einmal war, weil der große Bruder aus dem Krieg ein schmutziger Junge war, der Karin hieß. Wie sollte Moritz seinen Freunden in der Schule davon erzählen, ohne ausgelacht zu werden? Und was würden die Nachbarskinder sagen? Sicher würden sie tuscheln und rüberzeigen und kichern. Moritz war wütend und traurig und noch dazu hatte er Durst, denn der Kuchen-Geschmack war noch in seinem Mund, ganz trocken und verbraucht, und er weinte ein bisschen, weil er etwas trinken wollte, aber dafür hätte er in die Küche oder ins Wohnzimmer gehen müssen, und das konnte er ja jetzt nicht einfach so machen, nachdem die Mutter das fremde Kind gestreichelt hatte und nachdem er darum weggelaufen war und die Tür geknallt hatte. Also weinte er weiter und zog die Decke noch weiter nach oben und über die Ohren, um die Geräusche aus dem Wohnzimmer auszusperren.

Moritz wusste nicht, ob er eine Stunde so lag oder nur zehn Minuten, denn erstens war er irgendwo zwischen Schlaf und Wachsein und zweitens ist Kinderzeit immer anders als Erwachsenenzeit, nämlich gedehnt, weil zehn Minuten sehr viel länger sind, wenn man selbst erst seit vier Jahren lebt. Dann saß der Vater am Bett und streichelte Moritz und davon kam er aus dem Fast-Schlaf zurück ins Wachsein und drehte sich von der Seite auf den Rücken und sah den Vater an. Ganz heiß war ihm, so heiß, wie einem nur sein kann, wenn man geweint hat und noch dazu durstig ist und unter einer warmen Decke liegt, ganz vertrocknet, von innen wie eine Wüste, und der Sand brennt auch von innen in den Augen. »He du«, sagte der Vater und lächelte, denn das tat er immer, wenn Moritz schlechte Laune hatte oder traurig war, und weil Moritz das beides so gut kannte und der Vater jetzt die kühle Hand auf seine heiße Stirn legte, ging es ihm gleich viel besser. »Wie geht's dir?«, fragte der Vater und lächelte noch immer, aber sein besorgtes Lächeln, das »Meinem Kind geht es nicht so gut«-Lächeln. »Nicht so gut«, sagte Moritz, weil der Vater es ja eh schon wusste und es ihn darum kaum erschrecken würde. »Es soll weggehen«, sagte Moritz. »Was soll weggehen?«, fragte der Vater. »Das andere Kind«, sagte Moritz. »Karin?«, fragte der Vater. Moritz wollte »Ja« sagen, aber etwas war anders. Der Vater hatte den Namen des anderen Kindes anders ausgesprochen und da fiel Moritz überhaupt erst auf, dass er den Vater den Namen fast nie hatte sagen hören. »Karin« hatte die Mutter immer gesagt. Und die Frau, die zu Besuch gewesen war, doch auch, oder? Moritz dachte nach, aber er erinnerte sich nicht genau. Hatte die Frau nur vom »großen Bruder« gesprochen? Hatte sie einen Namen gesagt? Wie hatte die Frau selbst überhaupt geheißen? Moritz dachte noch angestrengter nach und der Vater konnte das sehen, denn er wusste, wie Moritz aussah, wenn er nachdachte. Er strich ihm durchs Haar und fragte: »Was ist?« »Sag noch mal den Namen«, sagte Moritz. »Karien?«, sagte der Vater, mit einem langen I. »Karien?«, wiederholte Moritz und sah den Vater an. Es klang immer noch komisch, aber besser als Karin klang es schon. Der Vater lachte, dabei zog er die Schultern ein bisschen hoch und rieb sich dann mit der Hand über den Mund. »Wie sagst du?«, sagte der Vater. »Sag noch mal!« »Kariiien«, sagte Moritz und musste beinahe lachen, weil der Vater auch gelacht hatte, aber auch, weil das alles ziemlich komisch war, und er drehte den Kopf zur Seite, weg vom Vater, der wieder lachte. »He du«, sagte der Vater dann wieder, schob seine Hand unter die heiße Wange, die auf dem Kissen lag, und drehte Moritz' Kopf wieder zu sich hinüber. »Das stimmt nicht ganz«, sagte er und stupste Moritz ein Mal auf die Nase. »Dein neuer großer Bruder heißt Karimmm, mit einem M hinten. Nicht Karinnn.« »Mama hat Karin gesagt!«, sagte Moritz schnell, weil es immer einfacher ist, wenn jemand anders etwas falsch gemacht hat, vor allem ein Erwachsener. »Ja, Mama hat das ein bisschen falsch ausgesprochen, das stimmt«, sagte der Vater. »Aber Karin hat sie nicht gesagt, sondern Karim, mit einem M hinten. Sie hat nur das I nicht lang genug gemacht.« »Kariiieeem?«, sagte Moritz. »Genau«, sagte der Vater. »Kariiieeem, Kariiiiieeem, Kariiiiiiieeem«, sagte Moritz und der Vater lachte und Moritz musste auch lachen, obwohl er noch gar nicht wieder lachen wollte, und drehte sich auf den Bauch, um sein lachendes Gesicht ins Kissen zu drücken. Der Vater wuschelte durch Moritz' Haar und dann war seine Stimme ganz nah an Moritz' Ohr. »Und weißt du, was das heißt?«, fragte er. Moritz schüttelte den Kopf, und zwar extrafest und weit hin und her, damit seine Ohren dabei rechts und links das Kissen berührten. »Der Großzügige«, sagte der Vater. »Oder: der Edle.« Moritz atmete ins Kissen, dann drehte er den Kopf so, dass er den Vater ansehen konnte. Der saß da und lächelte. Moritz hatte auf einmal ein ganz anderes Gefühl als noch vor einer Minute oder sogar einer Sekunde. So anders, dass er sich gar nicht mehr vorstellen konnte, gerade eben noch geweint zu haben. »Schön, oder?«, fragte der Vater. »Ja«, sagte Moritz und drehte sich auf die Seite. »Wie ein Ritter«, sagte er. »Hmm. Stimmt«, sagte der Vater. »Und ich glaube, er und Mama und ich auch, wir würden uns freuen, wenn du ihn kennenlernen würdest. Möchtest du mit mir ins Wohnzimmer kommen? Und ein Stück Kuchen essen?« Moritz dachte nach. Er machte die Augen zu und stellte sich vor, wie es sein würde, ins Wohnzimmer zu gehen und die Mutter mit dem fremden Kind mit dem neuen Namen zu sehen, und ihm fiel nicht mehr ein, wie genau das andere Kind eben ausgesehen hatte, und darum saß neben der Mutter gerade ein anderes Kind ohne Gesicht, und das gefiel ihm nicht. Und ihm war auch immer noch so heiß, und er wusste, wie kalt es sich anfühlen würde, wenn er jetzt aufstehen würde, vor allem um den Bauch herum. Er rollte sich auf der Seite liegend etwas weiter zusammen. »Nein«, sagte er. Der Vater schwieg. Dann sagte er: »Okay, wir machen es so: Ich gehe jetzt wieder rüber, und du kommst einfach nach, wenn du Lust hast, okay? Und wir heben dir auf jeden Fall ein Stück Kuchen auf und wenn du kommst, mache ich dir einen warmen Kakao, weil der zu dem Kuchen besonders gut schmeckt. Deal?« »Deal« sagte der Vater immer, wenn er einen Plan hatte und sich wünschte, dass Moritz bei dem Plan mitmachte, und wenn er mitmachen wollte, dann musste Moritz auch »Deal« sagen. »Deal«, sagte Moritz. »Gut«, sagte der Vater. »Bis später.« Er gab Moritz einen Kuss auf die Wange, dann stand er auf und ging aus dem Zimmer. Die Tür lehnte er an.

Moritz lauschte. Er hörte kurz die Stimme der Mutter aus dem Wohnzimmer, dann länger die des Vaters, länger die der Mutter, kürzer die des Vaters, aber er konnte nicht verstehen, was sie sagten. Er lauschte weiter, beide Stimmen wechselten sich ab, ruhig und freundlich, und manchmal hörte Moritz ein Klirren, das sicher von den Kuchengabeln kam oder von den Kaffeetassen oder von den Wassergläsern. Nur das andere Kind hörte Moritz nicht. War es noch da? Er versuchte wieder, es sich vorzustellen, und er flüsterte »Kariiieeem, Kariiieeem, Kariiieeem«, weil er dachte, dass es dann vielleicht leichter wäre. Aber das andere Kind blieb ohne Gesicht. Moritz drehte sich auf den Rücken und schaute die Sterne an, die an der Zimmerdecke klebten und die leuchteten, wenn es dunkel wurde. Und als er jeden einzelnen angeschaut hatte, stand er auf und fror ein bisschen dabei. Er ging zum Regal und nahm die beiden Karten aus dem Kartendeck, die beiden Edlen Ritter, und sah sie an. Gawayn hielt sein Schwert hoch in die Luft und sein Umhang wehte. Artorigus zog an dem Zauberschwert. Beide hatten riesige Arme, sie waren stark. Moritz konnte sich gut vorstellen, dass sie große Brüder waren. Aber das andere Kind? Das hatte so nicht ausgesehen. Aber wie hatte es bloß ausgesehen? Die Köpfe der Ritter waren ganz klein gegen ihre riesigen Arme, ihre Gesichter konnte man kaum erkennen. Sahen sie aus wie das andere Kind? Moritz' Magen grummelte. Er wollte Kuchen, er wollte Kakao, er wollte bei den Eltern sein. Er steckte die Karten in die Hosentasche und ging zur Tür. Er öffnete sie ein bisschen weiter und kühle Luft zog herein. Moritz lauschte. Er hörte den Vater. Die Mutter. Wieder den Vater. Und dann, ganz kurz, eine andere Stimme, leise, tief, aber lange nicht so tief wie die vom Vater. Das andere Kind, Karim, der Edle, war noch da.

IMPRO

»Bist du allein unterwegs?«, fragt der Mann, der Lorenz im Vierer schräg gegenübersitzt. Der Mann ist Ende dreißig, vielleicht auch schon vierzig. Er hat schwere Lider und eine Schiebermütze auf dem Kopf und er hat seine Hände an die Innenseiten seiner gespreizten Schenkel gelegt, sehr weit oben. In dem hellen Neonlicht des Wagens sieht die Haut in seinem Gesicht gerötet und ungesund aus. Lorenz schaut nur kurz hin und dann weiter aus dem Fenster, denn der Mann hat ja nicht ihn gefragt, sondern die junge Frau, die ihm gegenübersitzt, neben Lorenz, und außerdem ist er müde. Das letzte Bier hätte wie immer nicht sein müssen.

Der Mann ist an der vorigen Station in die Regionalbahn eingestiegen und hat die Frau ziemlich doof gefragt, ob in diesem

Vierer noch Platz ist, »Na, hübsches Ding, darf ich mich zu dir setzen?« oder so ähnlich und sie hat bloß »Mir egal« gesagt. Aber seitdem quatscht er sie zu und lacht immer wieder glucksend. Er ist betrunken oder zumindest stark angetrunken, seine Zunge ist schwer und manche Wörter rollen nur sehr langsam aus seinem Mund. Lorenz kann ihn im Fenster sehen, denn draußen ist es dunkel. Die junge Frau kann er in der Scheibe nicht so gut sehen, weil er ihr Spiegelbild mit seinem eigenen verdeckt. Sie hat ihn gegrüßt, als sie an der vorvorletzten Station eingestiegen ist, und Lorenz hat sich gewundert, dass sie sich neben ihn gesetzt hat und nicht gegenüber oder in den anderen Vierer. Ist ja alles leer. Sie ist ungefähr Mitte zwanzig und ihr rotes Haar ist gerade lang genug, um es hinter die Ohren zu schieben. Ihre Nase ist sehr klein und sie trägt einen dünnen, leuchtend blauen Mantel.

»Meinen Sie jetzt gerade oder wie?«, fragt die junge Frau den Mann, laut und mit fester Stimme. Bisher hat sie auf alle seine Fragen und auf alles, was er sonst gesagt hat, mit einem neutralen »Hmm« reagiert. Sie scheint genervt zu sein, was verständlich ist, und vermutlich reagiert sie nur auf den Mann und bleibt hier sitzen, um ihn nicht noch zu provozieren. Dem Mann ist das aber anscheinend egal oder er bemerkt es einfach nicht, denn mittlerweile hat er ihr schon einiges erzählt, und Lorenz hat alles mit angehört und dabei ins Fenster gestarrt, mal auf das Spiegelbild des Mannes, mal ins Leere, in die Dunkelheit dahinter. Dass er grade aus einer Bar kommt, hat der Mann erzählt, und jetzt nach Hause fährt und morgen sicher Kopfschmerzen hat, dabei muss er da seine Tochter übernehmen, die jedes zweite Wochenende bei ihm ist, »hoffentlich hab ich dann keine Fahne«, hat er gesagt und gegluckst. Und die junge Frau hat immer wieder »Hmm« gemacht. Lorenz würde ihr gern helfen, aber er kann ja nicht einfach »Lassen Sie doch die Frau in Ruhe« sagen, weil der Mann ja nichts Schlimmes gemacht hat, oder? Sicher würde ihn das bloß provozieren und dann gäbe es Ärger und das will Lorenz natürlich nicht. Immerhin scheint die Frau ja gerade das vermeiden zu wollen.

Der Mann gluckst wieder. »Ja, jetzt gerade. Wann sonst? Du erinnerst mich bisschen an meine Tochter, die ist auch manchmal schwer von kapische, aber die ist auch erst fünf.« Er tippt sich an die Stirn. Lorenz setzt sich aufrechter hin und schaut den Mann an. Vielleicht hilft es ja, wenn er sich ertappt fühlt. Aber der Mann schaut bloß zurück und grinst, ohne dabei seine Zähne zu zeigen. »Was guckste?«, fragt er Lorenz und bevor Lorenz antworten kann, sagt die junge Frau: »Das ist mein Bruder.«

Lorenz erschrickt und fühlt sich plötzlich deutlich nüchterner. Gerade stand er noch am Rand der Bühne und hat zugeschaut, jetzt hat die Frau ihn gepackt und zu sich gezogen, und da sitzt er nun und ist ihr Bruder. Er hat das Stück nicht gelesen, er kennt die Rolle und den Text nicht, er braucht einen Souffleur. Das Publikum, in Gestalt des betrunkenen Mannes, schaut ihn prüfend an, mit diesen schweren Lidern und diesem doofen Grinsen. »Aha«, sagt er. »Echt? Wie heißter denn?« »Benjamin«, sagt die junge Frau sehr prompt und sehr selbstverständlich, so selbstverständlich, dass Lorenz davon ausgehen muss, dass sie wirklich einen Bruder namens Benjamin hat. Lorenz wird klar, dass ihm kein Souffleur aushelfen wird, sondern dass das hier eher Improvisationstheater ist. Er muss seine Rolle also gemeinsam mit der jungen Frau entwickeln. »Benjamin, aha«, sagt der Mann. »Und du?« Er schaut wieder die junge

Frau an. »Laura«, sagt Lorenz, bevor die Frau, die ihren Namen vielleicht gar nicht hätte nennen wollen, selbst antworten kann. Er merkt, dass es guttut, auch etwas bestimmen zu können und damit der Situation etwas mehr Herr zu werden. Die junge Frau, beziehungsweise Laura, schaut ihn kurz an und schmunzelt. »Und hat deine süße Schwester nen Lover?«, fragt der Mann und grinst weiter. »Das geht dich nichts an«, sagt Lorenz und denkt für einen kurzen Moment, wie klug es von Laura war, dass sie nicht gesagt hat, er sei ihr Freund. Bruder ist viel glaubwürdiger. Ein Bruder schaut eher mal verschlafen aus dem Fenster und mischt sich erst mal nicht in die Gespräche seiner Schwester ein. Außerdem muss Lorenz sich so nicht verpflichtet fühlen, sie zu berühren. Vielleicht wollte sie es ihm damit aber auch nicht leichter machen, sondern vermeiden, dass er womöglich auf den Gedanken kommt, sie zu küssen oder in den Arm zu nehmen. Sie kann ja schließlich nicht wissen, wie er drauf ist. Eigentlich ziemlich mutig von ihr. Was, wenn Lorenz ihr einen Vogel gezeigt und »Spinnst du, wir kennen uns doch gar nicht« gesagt hätte?

»Stimmt genau«, sagt Laura. »Das geht dich nichts an.« Dass sie den Mann jetzt zurückduzt, findet Lorenz mehr als gerechtfertigt. »Ich hab auch ne kleine Schwester«, sagt der Mann. »Aber die ist ne Bitch.« Er lacht. »Bist du auch ne kleine Bitch?« Er beugt sich vor und schaut Laura intensiv an, erst in die Augen, dann senkt er seinen Blick in ihr Dekolleté und die Winkel seiner geschlossenen Grinselippen ziehen sich noch etwas weiter auseinander. »Ey«, sagt Laura. »Jetzt reicht's aber.« Sie zieht ihren blauen Mantel über der Brust zusammen, verschränkt die Arme und dreht sich zu Lorenz. »Ben, wollen wir uns rübersetzen?« Sie deutet mit einer leichten Kopfbewegung in Richtung des Vierers auf der anderen

Gangseite. Der Mann macht ein grunzendes Geräusch. »Ja, gerne«, sagt Lorenz.

Sie setzt sich rüber ans Fenster, er folgt ihr und lässt sich in den Sitz gegenüber fallen. Ben. Ein Spitzname. Das gefällt Lorenz. Er hatte nie einen richtigen Spitznamen. Er schaut Laura an, die aus dem Fenster sieht oder ins Fenster, auf ihr Spiegelbild. Gespiegelt im Zugfenster sieht man immer gut aus, denkt Lorenz, man hat reine Haut und ebenmäßige Züge. Eigentlich hat Laura die aber auch so. »Wirklich hier?«, fragt er sie. Er versteht nicht, warum sie sich nicht ganz woanders hinsetzen, ein paar Reihen weiter vor oder nach hinten oder sogar in einen anderen Wagen. Dann könnten sie sich ganz normal unterhalten. »Ja«, sagt sie und lächelt. »Hier ist doch gut.« Lorenz weiß nicht, was er als Nächstes sagen soll, weil er nicht weiß, ob sie noch im Spiel sind oder nicht mehr. Sie ist die Spielleiterin, er muss sich von ihr führen lassen und kann der Handlung nur Details hinzufügen, Details wie ihren Namen zum Beispiel. Und darum muss er auch abwarten, ob sie das Spiel jetzt auflöst. Vielleicht macht ihr dieses Stück sogar Spaß und sie möchte weiterspielen? Vielleicht macht sie so was regelmäßig und setzt sich darum in der Bahn immer neben jemanden, statt in einen leeren Vierer? Vielleicht ist sie verrückt? Der Betrunkene auf der anderen Gangseite starrt jetzt vor sich hin und grinst nicht mehr.

Der Zug fährt in einen Bahnhof ein und Lorenz denkt plötzlich daran, dass er ja irgendwann aussteigen muss und sie auch und es gut sein kann, dass sie nicht das gleiche Ziel haben. Das wäre noch ein Grund mehr dafür gewesen, sich woanders hinzusetzen als ausgerechnet in den Vierer nebenan. Denn der Mann wird dann doch merken, dass sie nicht zusammengehören, oder? Oder denkt er dann einfach, dass sie an zwei verschiedenen Orten wohnen? Dass Ben seine Freundin besucht oder Laura noch eine Verabredung hat? Und ist es nicht eigentlich völlig egal, was er denkt? Ist es nicht sogar wahrscheinlich, dass er überhaupt nicht zuhört, was sie jetzt reden, gar nicht zuhören kann, niemals bemerken würde, dass sie sich eben erst getroffen haben? Oder will Laura sogar, dass er merkt, dass sie ihn verarscht haben? Will sie die Tarnung jetzt aufgeben, das Stück beenden, aus ihrem Bruder Ben wieder den Fremden aus der Regionalbahn machen?

»Hast du dir die Links angeschaut, die ich dir geschickt habe?«, fragt Laura. Lorenz ist so verwirrt, dass er sie bloß stumm anstarren kann. Er versucht zu erkennen, ob sie vielleicht wirklich verrückt ist. Und dann hat er einen Augenblick lang Angst, dass sie sich doch kennen. Dass er sie nicht erkannt hat. Ist sie eine ehemalige Kommilitonin? Aber ist sie dafür nicht viel zu jung? Oder hat er sie mal auf einer Party kennengelernt? Bei einem Konzert? War sie in dem Chor, in dem er mal gesungen hat? Aber sie kommt ihm wirklich überhaupt nicht bekannt vor. An ein so markantes Gesicht müsste er sich doch erinnern können, oder? »Welche Links?«, fragt Lorenz, weil das eine logische Frage ist, sowohl in der Wirklichkeit als auch im Spiel. »Die zu den Restaurants«, sagt Laura und es klingt, als würde sie ein Fragezeichen dahinter setzen, so ein kleines, das leichte Empörung ausdrückt, ein Hast-du-meine-Mail-etwa-nicht-gelesen-Fragezeichen. »Welche Restaurants?«, fragt Lorenz, weil auch das eine logische Frage ist und weil er wirklich überhaupt keine Ahnung hat. Er hängt in der Luft und weiß nicht, ob noch über der Bühne oder ganz woanders, ob er eine Rolle zu spielen hat oder nicht. Laura verdreht die Augen. »Mann, Ben«, sagt sie, und sie sagt es wie zu jemandem, den sie schon ewig kennt. Wie zu einem Bruder, den sie schon oft gescholten hat, weil er so schrecklich verpeilt ist, den sie aber trotzdem sehr lieb hat und meistens wegen seiner Verpeiltheit belächelt. »Die Restaurants für Papas Geburtstag! Wir müssen langsam mal eins festmachen und da reservieren, sonst wird's zu knapp. Es kommen ja mindestens dreißig Leute.« Kurz wird die Angst in Lorenz noch ein bisschen größer, er spürt sie im Magen, ungefähr so, als würde er bemerken, dass er einen wichtigen Termin vergessen hat, aber ohne zu wissen, was für einen genau. Kurz ist ihm schwindelig, kurz kreisen seine Gedanken zu schnell und zu weit. Ist nicht sie verrückt, sondern er selbst? Sitzt er, Benjamin, hier mit seiner Schwester Laura, hat ihr Vater bald Geburtstag, gibt es Lorenz gar nicht, hat er vergessen, wer er ist? Dann fängt er sich und schiebt den Aussetzer auf den Alkohol. Er muss wieder runter auf die Bühne, den Faden wieder aufnehmen. Laura schaut ihn fordernd an.

»Ach so«, sagt Lorenz. »Aber wir haben doch noch sechs Wochen Zeit!« Laura schüttelt den Kopf. »Bis zum 16. April sind es nur noch vier Wochen«, sagt sie. Lorenz würde sie gerne irgendwie berichtigen, weil das die einzige Reaktion ist, mit der er wieder etwas mehr Kontrolle gewinnen könnte. Aber es stimmt, es sind vier Wochen bis zum 16. April, und das Datum des Geburtstags ihres Vaters kann er ja schlecht berichtigen. Das muss sie als seine Schwester, als Tochter ihres Vaters, ja kennen. »Oh«, sagt er darum und fühlt sich wie ein sehr schlechter Schauspieler, der hölzern seinen Text spricht. »Stimmt. Ich schau's mir morgen an, okay?« »Du könntest es auch jetzt machen«, sagt Laura. »Oder hast du deine Mails nicht auf dem Handy?« Sie lächelt ihn an wie eine große Schwester, die ihrem kleinen Bruder Lebenspraxistipps gibt, und Lorenz findet das unfair, weil sie ja, wenn, die kleine Schwester sein müsste, denn sie ist ja auf jeden Fall jünger als er. Darum entscheidet er sich zu wehren und bemüht sich um einen möglichst ironischen Tonfall. »Ja, genau, der Empfang hier auf der Strecke ist ja auch so super, dass eine Seite nur hundert Stunden braucht, um zu laden!« Er merkt, wie er die Genervtheit, die er spielt, sogar ein bisschen spüren kann, und glaubt, dass sie recht überzeugend rüberkam. Und Laura schaut ihn jetzt tatsächlich ein bisschen anerkennend an. Zumindest hat sie die Augenbrauen leicht hochgezogen und schmunzelt wieder. »Morgen reicht ja wohl«, sagt Lorenz trotzig.

Er schaut zum Publikum rüber, dem Betrunkenen, aber dem ist das Kinn auf die Brust gesackt und er schläft mit offenem Mund. Wenn das Publikum schläft, warum dann noch weiterspielen? Lorenz findet das Spiel anstrengend. Sie könnten jetzt wirklich Feierabend machen. Sich einander vorstellen und ein bisschen plaudern, bis einer von ihnen aussteigen muss. Über das kleine Improtheater lachen, vielleicht sogar Nummern austauschen? Laura ist ja doch sehr hübsch, findet Lorenz. Er spürt, wie sich sein verkrampfter Magen entspannt. »Ich bin übrigens Lorenz«, sagt Lorenz und lächelt Laura an. »Häh?«, sagt Laura. »Du meinst, in dem Theaterstück, in dem du an der Uni mitspielst, oder wie?«

Er könnte einfach gehen. Aufstehen und gehen, sich woanders hinsetzen. Die Verrückte verrückt sein lassen. Er könnte ihr auch ganz offen sagen, dass sie spinnt. Oder ganz ernsthaft »Nein, im echten Leben, und jetzt hör auf mit dem Quatsch« antworten. Er ist sehr müde. Aber obwohl er so müde ist und obwohl sich sein Magen wieder zusammenzieht, traut er sich jetzt doch nicht, auszubrechen. Irgendwie will er das nicht. Er merkt, dass er sie lieber zur ausgedachten Schwester haben will, die ihn gernhat, als zur verrückten Zugbekanntschaft, die ihn blöd findet. Vielleicht will er sie auch bloß beeindrucken. Lorenz ringt sich ein Grinsen ab und sagt: »Nein, in dem Rollenspiel am Geburtstag, in dem wir Papas Leben in Sketchen nachspielen. Ich will Lorenz spielen!« »Kannst du machen«, sagt Laura völlig ungerührt. »Du siehst ihm ja sogar ein bisschen ähnlich. Eigentlich kommst du sogar mehr nach ihm als nach Papa.« Lorenz, folgert Lorenz, ist Bens Onkel. Er nickt und schaut auf die Uhr. Noch zehn Minuten bis zu seiner Station.

Die Situation ist ihm unangenehm, aber er beruhigt sich, indem er sich sagt, dass er nichts zu befürchten hat. Was soll schon passieren? Andersrum wäre es vielleicht eine bedrohliche Situation, wenn er Laura, oder wie immer sie heißen mag, in dieses Spiel gezwungen hätte, bedrohlich für sie, oder beängstigend, weil sie fürchten müsste, dass er noch verrückter werden könnte, körperlich werden könnte, und er ist ihr körperlich natürlich überlegen, er ist mindestens einen Kopf größer als sie. Aber so? Nein, er hat keine Angst vor ihr. Nur Respekt. Und er ist unsicher. Er weiß nicht genau, wie er sich verhalten soll, er ist immer noch nicht tief genug in seiner Rolle. Aber er ist jetzt, da er sowieso nicht mehr rauskann, auch ein wenig neugierig. Lorenz, der nur einen sehr viel älteren Halbbruder hat, der ein Nachzüglerkind war, der seinen Vater kaum kennt, will mehr erfahren über seine Familie. Über Bens Familie. Über seine Schwester Laura. Haben sie noch mehr Geschwister? Das fände er schön. Und dann wird ihm klar: Er kann selbst dafür sorgen, dass sie noch mehr Geschwister haben. Er kann die Geschwister erschaffen. Einen Bruder, zwei Brüder, drei Brüder, mehrere Schwestern, eine ganze riesige Geschwisterschar, insgesamt acht oder zehn oder vierzehn!

»Wieso kümmert sich Jakob eigentlich um nix?«, fragt er und sieht, wie sich Lauras Gesicht aufhellt. Er hat das Richtige gesagt und den richtigen Ton getroffen. »Du kennst ihn doch«, sagt Laura. »Der kümmert sich doch nie.« Eigentlich kenne ich ihn nicht, denkt Lorenz, aber dann berichtigt er sich. Natürlich kennt er Jakob. Ihr ältester Bruder. Lebenskünstler, lebt in einer Neuner-WG mit funktionalen Zimmern, hat lange Dreads und nie Zeit, dabei denkt man, er müsste viel mehr Zeit haben als alle anderen, weil er bloß eine halbe Stelle auf dem Wochenmarkt hat. Lorenz merkt, wie er langsam in die Denkstrukturen findet, die er für dieses Spiel braucht, wie sich so etwas wie ein Flow einstellt. »Ich hab ihn übrigens neulich gesehen und musste sehr über seine neue Frisur lachen«, sagt Laura. »Wie? Hat er die Dreads ab?«, fragt Lorenz. Laura hatte schon angesetzt weiterzusprechen, jetzt stockt sie. Anscheinend hat sie sich ihren Bruder Jakob anders vorgestellt als Lorenz, und jetzt passt ihre Geschichte nicht zu seiner. Lorenz freut sich. Er hat den Verlauf des Spiels beeinflusst. Aber Laura, der Profi, findet sofort zurück in die Spur: »Ja, und er sieht total komisch aus jetzt. Superungewohnt. So … seriös. Ich konnte einfach nur lachen.« »Ob Amy das gefällt?«, fragt Lorenz mehr sich selbst als Laura. Amy ist Jakobs Freundin, klar. Aber Laura scheint es nicht zu gefallen, dass Lorenz den Spielverlauf an sich reißt. »Du meinst, weil sie ihm die Dreads damals gemacht hat, obwohl Dad strikt dagegen war? Ich weiß noch, dass Jakob den ganzen Ärger gekriegt hat, weil Amy als Nesthäkchen einfach nie richtig was abbekommt. So unfair.« Sie schaut Lorenz triumphierend an. Er ärgert sich. Erstens will er nicht »Dad« zu ihrem Vater sagen und zweitens findet er es völlig unpassend, dass Amy jetzt eine Schwester ist. Wer bitte nennt denn seine Kinder Jakob, Benjamin, Laura – und Amy? Aber na gut, ihre exzentrische Mutter hat sich beim letzten Kind eben mit ihrem Wunschnamen durchgesetzt. Vorher hat Papa (oder »Dad«) immer gewonnen und Mamas (oder »Mums«) Namen landeten auf dem Zweitnamen-Platz. Er heißt zum Beispiel Benjamin Cedrick. Und Laura heißt Laura Tiffany.

Die Tür zwischen den Wagen öffnet sich und ein Kontrolleur mit einer sehr großen Nase kommt herein. »Fahrkarten bitte«, sagt er in militärischem Ton und weckt so den Betrunkenen, der daraufhin ein Stück Papier aus seiner Jackentasche nestelt und ihm hinhält. Lorenz zeigt ebenfalls sein Ticket, Laura kramt in ihrer braunen Ledertasche. Dann holt sie eine kleine Klarsichthülle heraus, in der ein rosafarbener Zettel steckt. Ihr Studentenausweis. »Perso dazu bitte«, sagt der Kontrolleur und Laura kramt wieder, zieht ihren Geldbeutel aus der Tasche, nimmt ihren Personalausweis raus. Lorenz fühlt sich, als hätte jemand die Bühnenscheinwerfer ausgemacht und das Publikum in die Pause geschickt. Diese junge Frau hat einen Perso und auf dem Perso steht, wer sie wirklich ist, und ganz sicher heißt sie nicht Laura. Er versucht, in dem kurzen Moment, in dem der Kontrolleur den Ausweis ansieht, ebenfalls etwas darauf zu erkennen. Aber er kann nur sehen, dass der Vorname länger ist als fünf Buchstaben. Und dann, ohne zu wissen, warum, vielleicht, um die Situation an sich zu reißen, sagt er zum Kontrolleur: »Sie ist meine Schwester.« Eine leichte Gänsehaut läuft seinen Nacken und Rücken und seine Arme hinunter, als er das sagt. Eine gute Gänsehaut. Aber der Kontrolleur merkt anscheinend nichts von dieser Magie, er sieht Lorenz bloß mit erhobenen Brauen und Glupschaugen an. »Aha«, sagt er. »Freut mich für Sie.« Dann geht er.

Lorenz spürt dem Satz nach und wie schön es sich angefühlt hat, ihn zu sagen. Als würde er jemanden beschützen, als könnte er diese junge Frau beschützen, weil er ihr vertraut ist und sie ihm, weil große Brüder dafür doch da sind, weil Laura sich auf Ben verlässt, weil sie ein Team sind, seit damals im Freibad, als Ben das erste Mal ganz alleine auf Laura und Amy aufgepasst hat, weil Jakob, der eigentlich aufpassen sollte, zu ihm gesagt hat, er solle das mal machen, er sei ja groß genug, und er, Jakob, sei außerdem verabredet, aber er käme wieder, bevor Mum sie abholen komme, und außerdem dürften sie Mum kein Sterbenswörtchen davon sagen, drauf geschworen, und hier sei noch das Geld für Pommes und ein Eis für jeden. An diesem Nachmittag ist dann fast alles gut gegangen, außer dass Laura sich auf den Waschbetonplatten beide Knie aufgeschlagen hat, aber Ben hat Pflaster und ein viertes Eis gratis organisiert, das sie sich zu dritt geteilt haben. Und seitdem waren sie eben ein Team, vor allem Laura und er, bis heute, hier im Zug. »Wieso hast du das gesagt?«, fragt Laura und zum ersten Mal kommt es Lorenz so vor, als würde sie eine Frage außerhalb ihrer Rolle stellen. Nicht als Laura, sondern als die fremde junge Frau mit dem langen Vornamen auf dem Personalausweis. »Weil ich stolz darauf bin, dass du meine Schwester bist«, sagt Lorenz und lächelt Laura an. Er will sie zurückholen. Sie lächelt auch, aber etwas gequält, als hätte sie Sorge, dass sich ihr eigenes Spiel doch noch gegen sie richten könnte. »Wir sind gleich da«, sagt Lorenz und dann kommt auch schon die Durchsage, die seine Station ankündigt.

Lorenz rechnet damit, dass sie sitzen bleiben wird, dass sie spätestens jetzt keine Lust mehr hat, weil er einen Schritt zu weit gegangen ist, dass sie das Spiel so auflösen wird, weil es die beste und die letzte Gelegenheit dafür ist. Der Betrunkene, mit dem alles angefangen hat, der eigentlich an allem schuld ist, ist längst wieder eingeschlafen. Und obwohl Lorenz erleichtert ist, gleich aussteigen zu können, fühlt er auch so etwas wie Bedauern, dass es gleich vorbei ist. Er hatte ja gerade erst angefangen, sich wohlzufühlen mit der Situation und dem Spiel. Und er hätte gerne noch über ein paar Sachen mit ihr gesprochen, um vielleicht noch einmal so ein schönes Gefühl heraufzubeschwören wie eben. Sie hätten zum Beispiel über Pünktchen und Anton sprechen können, ihre beiden Katzen, die sie weggeben mussten, als sich herausstellte, dass Amy eine Katzenhaarallergie hat. Über Omas neunzigsten Geburtstag, an dem Jakob einfach nicht aufgetaucht ist. Über den Plan, kommenden Monat zusammen und mit ein paar Freunden zelten zu gehen. Oder über irgendwas Tragisches – vielleicht über den Selbstmord von Onkel Lorenz? Aber dafür ist es jetzt zu spät.

Doch als Lorenz aufsteht, steht Laura ebenfalls auf. Er fragt sie nicht, ob sie hier auch rausmuss, er nimmt es hin, entweder in der Wirklichkeit oder in diesem Spiel muss sie hier raus, und ob das eine oder das andere, ist jetzt auch schon egal. Vielleicht stimmt sogar beides.

Als er die Zugtür mit dem altmodischen Hebel öffnet und die kühle Nachtluft herein- und ihm entgegenweht, fühlt Lorenz sich sofort wohl. Und noch wohler fühlt er sich, als er die zwei Stufen hinuntersteigt und erst einen, dann den zweiten Fuß auf den Bahnsteig setzt. Die Wirklichkeit, merkt er, ist doch um einiges besser als das Spiel. Weil er sie kennt, weil er sich auf sie verlassen kann und sich in ihr zurechtfindet. Hier unten gibt es keinen Ben, keinen Jakob, keine Amy, auch Mum und Dad gibt es nicht. Nur Laura steht noch da, ist aber auch nicht mehr Laura, kann nicht mehr Laura sein. Lorenz schaut sie an, sie lächelt, er lächelt zurück. »Ich muss vorne raus«, sagt er. »Ja, klar«, sagt sie nur und geht dann einfach neben ihm her, die braune Tasche über der Schulter. Vor dem Bahnhofsgebäude will Lorenz sich verabschieden, aber er weiß nicht, wie. Er könnte schlicht »Tschüss« sagen, aber das kommt ihm zu banal vor. Und dann ist sie nun mal so hübsch und ja auch irgendwie interessant, wenn auch verrückt, vielleicht aber auch gerade deswegen interessant. Sie lächelt wieder, den Mantel eng um den Körper gezogen, die Arme verschränkt. Lorenz drückt die Schultern etwas weiter durch, richtet sich auf. »Kann ich deine Nummer haben?«, fragt er. Laura lacht kurz. »Hast du die verloren?« Lorenz versteht plötzlich, wieso sie mit ihm ausgestiegen ist: Sie wollte die Kontrolle über das Spiel zurück. Sie wollte gewinnen. Als sei das hier ein Wettbewerb. Aber obwohl er wirklich müde ist, ist er jetzt auch schnell, er hat jetzt auch ein bisschen Übung, er lässt sich nicht mehr sofort aus der Fassung bringen, und außerdem ist er enttäuscht, fast wütend. »Ja. Meine SIM-Karte war futsch, hab ne neue, aber alle Nummern weg.« »Ich schreib dir nachher bei WhatsApp«, sagt Laura. »Dann hast du sie wieder.« »Danke«, sagt Lorenz. Dabei gibt es nichts, wofür er sich im Voraus bedanken kann, weil im Nachhinein nichts passieren wird. »Also dann, ich muss in die andere Richtung, gehe noch zu Mounir«, sagt Laura und umarmt ihn einfach. Völlig selbstverständlich und fest und als sei ihr nichts auf der Welt vertrauter. »Bis übermorgen!«, sagt sie dann und es klingt logisch. Und dann geht sie, schräg über den Platz, Richtung Stadtzentrum. Sie kann nicht wissen, in welche Richtung er muss und ob das vielleicht auch seine Richtung ist. Und selbst wenn sie es wäre, würde er ihr jetzt nicht mehr folgen. Er muss aber ohnehin nach links. Sie dreht sich noch mal kurz um. »Und vergiss nicht, dir die Restaurants anzuschauen und mir Bescheid zu sagen!«, ruft sie. »Alles klar«, ruft Lorenz zurück, obwohl das nicht stimmt.

Zwei Jahre

Sie tauchte ganz plötzlich auf. Wir hatten vorher nie von ihr gehört und auf einmal war sie da. Ich war damals zwölf, Carlo zehn, Ariane acht und Maxi drei. Sie kam an Mamas Geburtstag zum Kaffeetrinken und Mama stellte sie uns vor: »Das ist … Margret. Meine … Mutter.« Sie klang, als hätte sie die Wörter »Margret« und »Mutter« gerade erst gelernt, so vorsichtig sprach sie sie aus. Carlo, Ariane und ich gaben Margret die Hand, Maxi versteckte ihr Gesicht an Mamas Bauch. Margrets Hand war warm und trocken, sie hatte viele Falten um den Mund, eine randlose Brille und kinnlange Haare in einem seltsamen Orangeblond, das, wie ich heute vermute, gefärbt war.

Ich weiß noch, dass ich ziemlich verwirrt war, denn ich war längst alt genug, um zu wissen, dass die Mutter unserer Mutter unsere Oma sein musste. Ich saß am Esstisch mit der blau-weiß gemusterten Tischdecke, dem weißen Geschirr und dem Apfelkuchen darauf und dachte nach: Wir hatten Oma Gabi, Papas Mutter, und wir hatten Oma Helene, Mamas … ja, was eigentlich? Ich hatte Mama nie »Mama« zu Oma Helene sagen hören und Papa nie »deine Mutter« zu Mama über Oma Helene. Und doch war sie unsere Oma. So wie Oma Gabi, die wir selten sahen, da sie drei Stunden Autofahrt entfernt wohnte und nicht wie Oma Helene im Nachbarort. Oma Helene war eine lustige ältere Dame, mit kurzem dunklem Haar, durch das sich silberne Strähnen zogen, und blau-grauen Augen. Sie war erstaunlich groß für eine Oma, mit langen Armen und Beinen, und sie trug meistens Stoffhosen mit Bügelfalte. Sie liebte uns und wir liebten sie. Sie war oft da, um auf uns aufzupassen. Im Sommer spielten wir mit ihr Fußball oder Klettball im Garten oder fuhren ins Freibad oder an den See oder in den Forst, mit Oma Helenes kleinem VW-Bus, in den wir alle zusammen hineinpassten, sogar Mama und Papa noch, wenn sie mitkommen wollten, und wir jubelten jedes Mal, wenn Oma Helene den Motor anließ und losfuhr, das war ein Ritual. Im Winter saßen wir zu fünft auf dem Sofa, Oma Helene in der Mitte, ihre langen Arme um zwei Kinder rechts und zwei Kinder links gelegt, die sich mit angezogenen Beinen in ihre Richtung neigten, und wer direkt rechts oder links neben ihr saß, durfte das Buch halten, das sie uns vorlas, und blättern, wenn sie darum bat. Ich kann mich nicht erinnern, dass wir jemals gefragt hätten, warum es keinen Opa gab, wie Opa Diego, der zu Oma Gabi gehörte, oder ob es jemals einen Opa gegeben hatte. Und auch, als ich anfing, Familienkonstellationen wirklich zu verstehen, fragte ich nie, ob Oma Helene wirklich Mamas Mutter war. Es war ja auch egal. Sie war da und sie war großartig, das reichte.

An diesem Geburtstag meiner Mutter kam Oma Helene nicht. Die Erwachsenen sprachen ernst und wenig miteinander, wir aßen unseren Kuchen und ich fand alles wahnsinnig unangenehm. Ich weiß noch, dass ich sehnlich darauf wartete, dass es klingelte und Oma Helene kam, weil ich mir sicher war, dass es dann besser werden würde, dass das Sonnenlicht, das ins Esszimmer fiel und die ganze Szene irgendwie noch bedrückender machte, dann warm und einladend sein würde. Wenn Oma Helene da war, lachten alle sehr oft, auch Mama und Papa, und ich liebte es, Mama lachen zu sehen, weil sie oft leise und müde war und sich zurückzog. An Tagen, an denen sie so müde war, dass sie morgens nicht einmal aufstehen konnte, und Papa arbeiten musste, kam Oma Helene, um auf uns aufzupassen, uns für die Schule und den Kindergarten fertig zu machen, mittags für uns zu kochen und mit uns zu essen. Und wenn Mama dann zu uns stieß, im Bademantel, mit kleinen Augen und mit vom Schlaf zerzaustem Haar, dann schaffte Oma Helene es oft, sie zumindest zum Lächeln zu bringen. Und ich habe Mama nie so kindlich und schutzbedürftig, aber auch nie so beschützt gesehen, wie wenn Oma Helene sie in den Arm nahm.

Maxi hat dann ausgesprochen, was wir alle dachten: »Wann kommt Oma Helene?«, fragte sie, einen Teller voller Krümel und Apfelmatsch vor sich, weil sie drei Viertel ihres Kuchens mit der Gabel zerdrückt hatte, anstatt ihn zu essen. Es dauerte etwas zu lang, bis jemand ihr antwortete. Papa sah Mama an und Mama sah Papa an und dann auf ihren Teller und Margret sah Maxi an, und ich konnte nicht erkennen, ob sie verärgert war oder nicht.

»Sie kann heute nicht, sie kommt morgen«, sagte Papa dann und strich Maxi über die Tischecke hinweg den Pony aus der Stirn.

»Ich komme gleich wieder«, sagte Mama, sie sagte es leise und freundlich und lächelte ein bisschen dabei, dann stand sie auf und ging und ich glaube, wir alle wussten, dass sie nicht wiederkommen würde.

Margret sah ihr nach. »Was soll das?«, fragte sie Papa und er sagte: »Sie ist erschöpft.« Der Punkt hinter diesem Satz war so eindeutig, dass Margret nicht weiter nachfragte. Stattdessen sah sie wieder meine kleinste Schwester an.

»Maxi«, sagte sie und es klang, als sei sie sich gar nicht so besonders sicher, ob das kleine Mädchen, das ihr gegenübersaß, wirklich so hieß. »Ich bin deine richtige Oma. Ich bin Oma Margret.«

Ihr Mund machte etwas, das an ein Lächeln erinnerte. Maxi zog die Augenbrauen zusammen, dann kletterte sie von ihrem Kinderstuhl mit den zwei Stufen hinunter, ging zu Papa und drängte sich dicht an ihn. Sie zog an seinem Pullover, bis er sich zu ihr hinunterbeugte, und flüsterte ihm etwas ins Ohr. Dann sah sie über die Schulter hinweg leicht verängstigt, aber auch ziemlich skeptisch, zu Margret hinüber.

»Sie kommt doch morgen«, sagte Papa leise, und ich war mir sicher, dass Maxi ihn nicht nur gefragt hatte, wann Oma Helene kommt, denn das hatte sie ihn ja schon gefragt.

Die Antwort, die Papa Maxi schuldig blieb, bekamen wir alle am Abend. Margret war nicht mehr lange geblieben, nachdem Mama den Tisch verlassen hatte. Wir beantworteten noch eine Weile gelangweilt bis gequält Fragen, die Margret stellte: Wie alt bist du? Gehst du gern zur Schule? Was ist dein Lieblingsfach?

Wie sind deine Noten? Spielst du ein Instrument? Hast du ein Hobby? Siehst du oft fern? Ihre Fragen klangen, als hätte sie einen Fragenkatalog für entfernte Verwandte auswendig gelernt. Dann verabschiedete sie sich. Papa brachte sie zur Tür und wir hörten, dass sie noch miteinander sprachen, leise, als sollten wir oder Mama, die im oberen Stockwerk vermutlich auf dem Sofa oder im Bett lag, sie nicht hören. Maxi kletterte auf meinen Schoß und ich küsste ihr Haar. Später, am Abend, saß sie wieder dort, im Nachthemd. Ich mochte es immer, sie vorm Schlafengehen auf dem Schoß zu halten, sie war warm und ihr Nachthemd roch nach Schlaf und zu Hause. Ich saß auf ihrem Bett, neben mir Ariane und Papa, und gegenüber, auf Arianes Bett, saßen Carlo und Mama.

»Margret ist meine Mutter«, sagte Mama, obwohl sie das ja am Nachmittag schon gesagt hatte. »Und deswegen ist sie eure Oma.«

»Und Oma Helene«, sagte Papa, »ist trotzdem eure Oma.«

»Das Problem ist«, sagte Mama, »dass Oma Margret und Oma Helene sich nicht so sehr mögen. Deswegen war Oma Helene heute auch nicht da.«

»Haben sie Streit?«, fragte Ariane.

»Ja«, sagte Mama. »Schon ganz lange. Oma Margret ist nicht nur meine Mutter, sie ist auch Oma Helenes Schwester. Oma Helene ist also meine Tante.«

»Wir streiten auch manchmal«, sagte Maxi.

»Aber wir vertragen uns immer wieder«, sagte Carlo.

»Genau«, sagte Papa. »Aber Oma Margret und Oma Helene haben sich nie wieder vertragen.«

»Kann das bei uns auch sein?«, fragte Ariane.

Papa lächelte. »Ich glaube nicht. Ihr seid doch ein gutes Team.«

Ich legte meine Wange an Maxis weiches Haar.

Oma Helene kam wirklich am nächsten Tag und sie war wie immer. Mama hatte uns gebeten, sie nicht nach Oma Margret zu fragen, so als sei es ein Geheimnis, dass sie da gewesen war. Dabei konnte es kein Geheimnis sein, weil Oma Helene ja extra wegen ihr am Vortag nicht gekommen war. Aber wir hielten unser Versprechen und Oma Helene spielte mit uns Fußball im Garten und danach aßen wir die zweite Hälfte Apfelkuchen. Als Mama den Kuchen auf den Tisch stellte, erinnerte uns die leere Hälfte des Kuchenblechs daran, dass der Geburtstag gestern gewesen war, nicht heute, dass gestern Oma Margret da gewesen war und nicht Oma Helene, dass sie ihren Status als »richtige Oma« reklamiert hatte. Aber Oma Helene sagte nichts dazu. »Der sieht aber gut aus, ist der selbst gemacht?«, fragte sie. »Ja«, sagte Mama und Oma Helene hielt ihre Nase über das Blech, atmete tief ein und sagte »Mmmh …«, als sei dies ein ganzer, frischer Kuchen. Ich war fast ein wenig enttäuscht von ihr, weil mir das verlogen vorkam und Oma Helene noch nie verlogen gewesen war.

Nach ihrem Geburtstagsbesuch tauchte Oma Margret regelmäßig auf, meist samstags, etwa alle zwei Wochen, manchmal auch öfter. Wir hassten ihre Besuche, Carlo weigerte sich ein Mal sogar, aus seinem Zimmer zu kommen, und als er schließlich doch rauskam, lief er einfach an uns allen vorbei zur Terrassentür hinaus und kickte draußen den Fußball ins Tor, immer und immer wieder, und drückte damit ein Gefühl aus, dass alle anderen von uns unterdrückten, während wir am Esstisch saßen.

Ich glaube, es war am Abend desselben Tages, dass Maxi mich beim Gutenachtsagen fragte: »Wir sind doch Schwestern, oder?«

»Ja«, sagte ich. »Sind wir.«

»Aber dann sind Schwestern doch was Gutes?«, sagte sie.

»Ja!«, sagte ich. »Was total Gutes!«

»Aber die Schwester von Oma Helene ist blöd«, sagte Maxi. »Ich mag die nicht.«

Ich beugte mich zu ihr hinunter und sagte leise »Ich auch nicht« in ihr Ohr.

Eine Zeit lang hielten wir uns alle an die Regel, Oma Helene nicht auf Oma Margret anzusprechen. Natürlich war es Maxi, die sich dann doch verplapperte. Wir Kinder saßen mit Oma Helene beim Mittagessen und Carlo fragte, ob sie am Wochenende mit uns in den Forst und zum Wildgehege fahren könne.

»Diesen Samstag können wir nicht«, sagte ich und er schien sich zu erinnern, denn er machte ein mürrisches Gesicht und schwieg.

»Warum nicht?«, fragte Maxi. »Ich will auch zu den Rehen!«

»Du weißt, warum, Maxi, wir haben gestern drüber gesprochen.«

Ich hoffte, dass sie sich erinnerte, dass am Samstag Oma Margret kommen würde, und gleich danach dann daran, dass sie vor Oma Helene nicht darüber sprechen sollte. Aber sie erinnerte sich nur an eines von beidem. Oder wollte sich nur an eines erinnern.

»Ich will nicht wieder die falsche Oma!«, rief sie, mit einer Verzweiflung in der Stimme, die mir wehtat.

»Maxi …«, sagte ich.

»Oma«, sagte Maxi zu Oma Helene, »die andere Oma ist blöd. Feli findet die auch blöd!« Dabei zeigte sie auf mich. »Du doch auch, oder?«

Oma Helene seufzte. »Komm mal her, Kleines«, sagte sie und streckte ihre Arme aus. Maxi kletterte von ihrem Stuhl und Oma Helene setzte sie sich seitlich auf den Schoß. Maxi legte den Kopf an ihr Schlüsselbein.

Und dann erzählte Oma Helene. Sie sagte, es sei unser gutes Recht, zu wissen, warum sie nie dabei war, wenn Oma Margret kam. Und obwohl wir alle noch Kinder waren und sogar ich als Älteste gerade erst über den unteren Rand der Pubertät hinausgewachsen war, obwohl sicher nicht alle von uns alles verstanden, was sie uns erzählte, vor allem Maxi nicht, war sie sehr offen und direkt. Niemand stellte eine Frage. Ariane kaute an ihrem Daumennagel, Carlo krümelte sein Brot in seine Suppe und starrte Oma Helene an. Maxi hielt drei Finger von Oma Helenes linker Hand.

»Margret und ich sind nie gut miteinander ausgekommen. Als ich geboren wurde, war Margret zwei Jahre alt. Unser Vater war Soldat im Krieg, er war lange nicht zu Hause, nur kurz in seinen Heimaturlauben. Einer davon war im Sommer 1944 und ich kam im Frühjahr 1945 auf die Welt, aber er kam nie zurück. Unsere Mutter hat das nie richtig verkraftet und wir Schwestern hätten zu einem Team zusammenwachsen müssen, das ihr hilft. Ein Team, wir ihr eines seid und eurer Mutter helft. Ein Team, in dem der eine sich auf den anderen verlassen kann. Aber Margret hat mich nie richtig lieb gewonnen. Ich wurde in eine Zeit hineingeboren, in der meine Mutter sehr traurig war, und vielleicht war ich trotz allem so eine Art Glück für sie, ein kleines Licht, und Margret war sehr eifersüchtig auf mich. Als Kind war sie oft gemein zu mir. Sie hat zum Beispiel immer wieder gesagt, dass ich das hässliche Entlein sei, aber leider niemals ein Schwan werden würde, sondern immer eine Ente bleiben müsste. Das Märchen kennt ihr, oder? Das ist eins aus dem dicken Andersen-Buch, in dem wir im Winter manchmal lesen. Das Buch ist meins, von damals noch. Ich habe es sehr geliebt, aber Margret hat die Geschichten daraus immer gegen mich verwendet. Ich sei eines der Schweine vom Schweinehirten. Oder so dumm wie der Kaiser in seinen neuen Kleidern. Und so weiter. Das war nie schön, aber ich habe immer versucht, es zu ignorieren.

Margret war sechzehn, als sie sagte, sie wolle möglichst bald heiraten, um aus dem Haus verschwinden zu können, in dem unsere Mutter anscheinend für immer um unseren Vater weinen würde, weg von unseren Großeltern, die im Dachgeschoss wohnten, weg von mir. Drei Jahre hat es noch gedauert, aber dann ging alles ganz schnell, Hochzeit, Umzug, die Geburt eurer Mutter im August 1962. Ich habe sie gesehen, als sie noch ganz winzig war, sie hatte schöne schwarze Haare und ein so süßes Gesicht.

Bei mir hat sich das einfach nie ergeben. So was in Richtung Liebe, meine ich. Unsere Mutter machte sich wirklich Sorgen, weil ich überhaupt kein Interesse an dem Thema hatte, und Männer, eine Verlobung oder eine Hochzeit einfach kein Teil meines Lebensplans waren. Ich hatte Abitur gemacht, als Erste in meiner Familie, ich zog in die Stadt und studierte und fühlte mich wohl. Ich hatte ein Zimmer im katholischen Wohnheim und führte mein eigenes Leben, und mit Margret hatte ich nichts zu tun, außer zu Geburtstagen und zu Weihnachten. Ich vermisste sie auch nicht, sie bedeutete mir einfach nichts. Sie war mir egal, glaube ich.

Und dann tauchte sie plötzlich auf. Da wohnte ich gerade erst ein Jahr im Wohnheim. Sie hatte Gunther verlassen, euren Opa. Sie sah schrecklich aus, viel zu dünn, und sie war sehr aufgekratzt. An der Hand hielt sie eure Mutter, viel zu fest, so fest, dass Beatrice weinte und versuchte, ihre Hand loszureißen. Fünf Jahre war sie damals alt. Margret sagte mir, ich müsste für sie auf Beatrice aufpassen, sie hielte das alles nicht mehr aus, das Haus und die Langeweile und die Provinz und sie wollte kein zweites Kind, aber Gunther unbedingt, seit drei Jahren stritten sie darum, sie müsste jetzt einfach raus, sie hätte da diese Gruppe getroffen, die teilte sich ein altes Bauernhaus und hätte ihr geholfen, sich auf die Suche nach ihrem Innersten zu machen und so weiter. Es war ein völlig verrückter Besuch und ein sehr kurzer. Margret ließ eine Reisetasche da und eure Mutter.

Wisst ihr, ich habe nie viel Aufsehen gemacht und wenn man mir eine Aufgabe gab, habe ich sie erledigt. Ich war erst zweiundzwanzig und ich hatte nie kleinere Geschwister, nur kleinere Cousins und Cousinen, aber ich kümmerte mich um Beatrice, gemeinsam mit eurer Uroma. Vor allem auch, weil Margret unauffindbar war und Gunther sich weigerte, sich um Beatrice zu kümmern, solange ihre Mutter nicht wieder auftauchte. Ich mochte eure Mutter sehr, ich hatte sie schon immer gemocht, aber bisher ja nur selten gesehen. Jetzt lernte ich sie richtig kennen und sie war ein tolles kleines Mädchen. Ihr alle erinnert mich sehr daran, wie sie damals war. Klug, neugierig. Schnell im Kopf. Sensibel.

Margret kam wieder. Nach zwei Jahren. Ihre Kommune, das war die Gruppe, bei der sie gelebt hat, hatte sich zerstritten und aufgelöst, sie hatte kein Geld und keinen Job. Also ging sie zurück zu eurem Opa und wollte auf einmal auch ihre Tochter zurück. Und das kann man einer Mutter natürlich nicht so leicht verbieten. Beatrice ging damals schon zur Schule und nach der Schule ging sie oft einfach nicht nach Hause, sondern zu meiner Mutter, also zu eurer Uroma. Einmal kam sie sogar zu mir. Sie stieg ganz alleine in den Bus in die Stadt, setzte sich auf die Treppe vorm Wohnheim und wartete auf mich.

Margret war stinksauer, dass ihre eigene Tochter lieber bei ihrer Schwester war als bei ihr. Und sie war unzufrieden. Ich glaube, sie hasste ihr Leben. Ungefähr ein Jahr, nachdem sie zurückgekommen war, ging dann zwischen uns endgültig etwas kaputt. Sie stand irgendwann spätabends vor meiner Tür, ich ließ sie rein und sie beschimpfte mich einfach. Eine Stunde lang schrie sie mich an. Ich glaube, sie hatte zu viel Alkohol getrunken, sie war völlig außer sich. Dass ich selbstgefällig wäre, das heißt, nur an mich denken würde und mich selbst wahnsinnig toll fände. Dass sie ein viel besseres Leben hätte als ich, ein richtigeres, und ich ihr ihre Tochter wegnehmen wollte, weil ich eifersüchtig wäre, weil ich keinen Mann abbekommen hätte und so weiter. Ich habe das einfach über mich ergehen lassen. Ich wusste, dass es nichts bringt, mit ihr zu streiten. Und ich wusste, dass sie irgendwann müde werden würde.

Das Schlimme war, dass sie nach diesem Abend eurer Mutter den Kontakt mit mir und eurer Uroma verbat. Sie machte es zu ihrer Aufgabe, Beatrice von uns fernzuhalten, und sie schaffte es, und irgendwann gewöhnte Beatrice sich wohl daran. Das Verbot zu umgehen war auf Dauer einfach zu anstrengend für sie. Und für uns auch.

Drei Jahre später ließen Gunther und Margret sich scheiden. Margret hatte einen Neuen, sie verließ Gunther wieder, er verlangte die Scheidung. Margret zog aus. Und wollte Beatrice nicht mitnehmen. Sie blieb bei ihrem Vater, er meldete sich bei eurer Uroma und so kam Beatrice zurück zu uns. Es dauerte nicht lange, bis sie fast nur noch bei eurer Uroma wohnte. Und Margret ließ sich kaum blicken, hielt den Kontakt zu ihrer Tochter und eurem Opa nur lose, irgendwann gab es einfach keinen mehr. Wir haben nicht mal mitbekommen, dass sie und ihr neuer Mann weggezogen sind.

Und von da an bis jetzt ist das so geblieben. Bis eure Oma eurer Mutter einen Brief geschrieben hat und plötzlich wieder Teil unserer Familie sein wollte. Ihr Mann ist gestorben, sie ist allein. Jetzt braucht sie uns wieder.«

In der Nacht, nachdem Oma Helene uns beim Mittagessen diese Geschichte erzählt hatte, schlief ich kaum. Denn obwohl ich jetzt so viel mehr wusste als vorher, wusste ich eine wichtige Sache immer noch nicht: Wie ich mich Oma Margret gegenüber verhalten sollte. Oma Helene hatte keinen Hinweis gegeben, keinen Tipp, keine Handlungsanweisung. Sie hatte nur gesagt, dass sie immer noch sehr traurig und verletzt sei. Dass sie Margret darum nicht sehen wolle. Aber sie sagte nicht, dass wir uns mit ihr verbünden und Oma Margret ignorieren sollten. Dabei wäre das am einfachsten für uns gewesen. Mit Oma Helene im Rücken hätten wir Oma Margret aus dem Haus und unserer Familie ekeln können. Aber an diesem Mittag, als Maxi drei Finger ihrer linken Hand hielt, schmiedete Oma Helene keinen Schlachtplan mit uns. Sie erklärte uns nur, was passiert war, damit wir verstehen und akzeptieren konnten, warum sie nie kam, wenn Oma Margret kam. Aber ich wollte wissen, wie loyal ich sein musste und wie loyal wir Geschwister sein mussten. Ob ich auch nicht da sein sollte, wenn Oma Margret kam. Ob ich mich wie Carlo in meinem Zimmer verkriechen oder wie Maxi skeptisch und schlecht gelaunt auf Oma Margret reagieren sollte. Oder ob ich mich einfach weiter gut benehmen sollte.

Es gab nur eine Lösung für mein Problem: Ich musste Oma Helene fragen. Und zwar noch, bevor Oma Margret das nächste Mal an unserem Esstisch saß und Fragen aus dem Fragenkatalog stellte. Also rief ich Oma Helene am Freitagnachmittag an.

»Ich hab mir schon gedacht, dass dich das noch weiter beschäftigen wird«, sagte sie und seufzte. »Machen die Kleinen sich auch so viele Gedanken darüber?«

»Ein bisschen, glaube ich«, sagte ich. »Deshalb will ich ja auch gern wissen, was wir machen sollen. Wir alle zusammen.«

»Hör mal, Feli«, sagte Oma Helene und sie klang bestimmt und trotzdem herzlich. »Ihr seid vier kluge Kinder und ihr könnt unglaublich froh sein, dass ihr euch habt. Immer, wenn ich euch sehe, wünsche ich mir, ich hätte solche Geschwister gehabt, und ich wünsche mir auch, eure Mutter hätte solche Geschwister gehabt. Das ist so viel wert, weißt du, richtig, richtig wertvoll. Und ihr seid auch für mich und für eure Eltern sehr, sehr wertvoll. Ich finde, ihr solltet euch von dieser ganzen Geschichte nicht so sehr beeinflussen lassen. Am Ende ist es ja eine Geschichte zwischen mir und meiner Schwester und zwischen ihr und eurer Mutter. Und ihr müsst mir nicht dabei helfen, damit zurechtzukommen. Für mich ist es einfach so, als hätte ich keine Schwester. Das ist das Traurigste, was zwischen Geschwistern passieren kann, und ich wünsche euch, dass euch das niemals passiert. Aber ich komme damit zurecht. Für mich müsst ihr nichts ändern.« Sie machte eine Pause und ich schwieg ebenfalls, weil ich immer noch nicht genau wusste, was nun zu tun war. »Aber vielleicht könnt ihr eurer Mutter helfen«, sagte Oma Helene.

»Wie meinst du das?«, fragte ich und malte dabei einen großen Kreis auf meine Papierschreibtischunterlage und fuhr mit dem Kugelschreiber immer und immer wieder herum.

»Ich glaube, für eure Mutter wäre es am einfachsten, wenn ihr zusammenhaltet und bei den Besuchen von Oma Margret einfach mitmacht. Wenn ihr freundlich seid und mithelft. Ich weiß, dass das viel verlangt ist, gerade von den Kleinen. Aber ich weiß auch, dass ihr das könnt. Ihr seid doch ein Team.«

»Ja«, sagte ich und malte Strahlen rund um den Kreis.

»Ich glaube, es wird auch alles nicht sehr lange dauern«, sagte Oma Helene. Ich verstand nicht, was sie damit meinte, aber ich fragte nicht nach, sondern malte ein Grinsegesicht in die Sonne auf meiner Schreibtischunterlage und fragte Oma Helene, ob wir bei ihrem nächsten Besuch Kaiserschmarrn machen könnten.

Es stimmte schon. Carlo, Ariane, Maxi und ich, wir waren ein Team und ich war die Anführerin, die Trainerin. Ich konnte die Mannschaft einschwören. Das tat ich, wenn wir draußen Fußball spielten, wenn wir zusammen Kuchen backten oder wenn es Mama schlecht ging. Die Kleinen hörten auf mich, auch, wenn ich manchmal mit Carlo um die Teamleitung streiten musste. Aber am Ende sah er immer ein, dass ich nun mal die Älteste war. Und wenn wir uns zusammen etwas vornahmen, dann klappte es meistens auch. Ich schwor mein Team also auch diesmal ein. Ich erzählte ihnen vom Telefonat mit Oma Helene und von Oma Helenes Ratschlag. Wir schmiedeten einen Plan. Besser gesagt erfanden wir ein kleines Theaterstück, in dem jeder seine Rolle bekam. Carlo sollte der Fleißige sein und den Tisch decken und abräumen, in der Küche herumwerkeln, die Spülmaschine einräumen, Getränke nachschenken – und stimmte nur unter der Bedingung zu, dass die Rollen beim nächsten Mal neu verteilt wurden. Ariane wurde zur Streberin erklärt, die von ihren schulischen und sportlichen Erfolgen erzählen sollte. Maxi bekam die Niedlichkeitsrolle, klar. Lieb sein, am Daumen nuckeln. Ich war die Kühle, Reservierte, Unnahbare. Wir übten zwei Nachmittage lang, in unseren Zimmern, im Garten, in der Küche. Carlo musste dauernd lachen, wenn Ariane ihre Rolle spielte, und gewöhnte sich an, die ganze Zeit über an Modellbau mit Papa zu denken, um abgelenkt zu sein und ernst zu bleiben. Ariane war großartig, ich glaube, die ganze Aktion war die Grundlage für ihre spätere Karriere in der Schultheater-AG. Und für Maxi war das alles ein einziger, riesengroßer Spaß, der dafür sorgte, dass sie am Samstagmorgen vor Oma Margrets Besuch ausnahmsweise mal kein Bauchweh hatte.

Der Samstagskaffee wurde so zu einem Spiel, zu einem Wettbewerb der Höflichkeit und darum, wer am besten den Druck von Mamas Schultern nehmen konnte. Unsere Rollen gaben uns Sicherheit, die Spielidee gab uns Leichtigkeit und Oma Margret wurde nicht misstrauisch, weil sie uns zu wenig kannte, um zu bemerken, dass wir uns vorbereitet hatten. Ich finde es bis heute unglaublich, dass sogar Maxi die ganze Zeit über so gut mitspielte. Dass sie begriff, dass sie freundlich zu Oma Margret sein musste, aber sie dabei nicht gernhaben musste. Dass sie sich auf Mamas Schoß setzen und ihr einen Kuss geben konnte und dass das das Beste für Mama war, aber es eben noch besser war, wenn sie nicht darüber klagte, dass Oma Margret da war und nicht Oma Helene. Ariane beantwortete Fragen zu ihrer Tanzgruppe mit einer Sachlichkeit, die wirklich beinahe zum Lachen war, und ich glaube, Papa sogar schmunzeln gesehen zu haben, während Carlo beinahe wie in Trance Kekse nachfüllte, neues Wasser holte und dreckige Kaffeetassen wegräumte und ansonsten stoisch auf seinem Platz thronte. Ich selbst hatte Spaß daran, mich kühl und höflich zu geben, wie eine erwachsene Dame – aber Mama immer, wenn sie mich ansah, kurz anzulächeln, damit sie merkte, dass wir das für sie taten. Und für Oma Helene. Als Team.

Ich glaube heute eigentlich daran, dass es besser ist, einen Konflikt auszutragen und irgendwie aus der Welt zu schaffen, und wenn das am Ende bedeutet, dass die Lösung ist, sich nie wiederzusehen, dann ist das eben so. Aber wenn ein Konflikt so viele Menschen involviert, wenn er so verstrickt und verfahren ist, und wenn jeder Einzelne auf seine Art damit umgeht und seine Wut oder seinen Frust einbringt, dann wird vielleicht alles nur noch schlimmer. Damals wäre das sicher so gewesen. Und darum denke ich, dass wir alles richtig gemacht haben. Fast zwei Jahre lang spielten wir dieses Theaterspiel, wir wuchsen richtig hinein, verteilten die Rollen um, dachten uns neue Nuancen aus, bereiteten die Besuche am Samstagvormittag aufgeregt vor. Wir berichteten sogar Oma Helene davon, wie freundlich und höflich wir mal wieder gewesen waren. Oma Helene lachte dann ein vorsichtiges Lachen und wechselte schnell das Thema. Aber ich glaube, sie war stolz auf uns.

Margret verschwand, wie sie gekommen war: sehr plötzlich. Aber auch sehr präzise. Am Wochenende vor Mamas Geburtstag war sie noch da. Am Geburtstag tauchte sie nicht auf. Ich glaube, sie machte irgendeine Fernreise und ließ sich danach nicht wieder blicken. Irgendwann erfuhren wir, dass sie einen neuen Partner hatte. Und dann hörten wir erst wieder von ihr, als sie sich selbst nicht mehr bei uns melden konnte. Wir gingen alle zusammen zu ihrer Beerdigung. Nur Oma Helene nicht.

Hätte, hätte

Du wolltest nicht bleiben. Dabei hättest du viel zu tun gehabt hier. Du hättest mir auf die Nerven gehen müssen. Mich ärgern müssen, »Ole«, hättest du sagen müssen, »Oleoleoleole-ole«, und dabei an meinem Ärmel zupfen, bis ich ausgerastet wäre. Das wäre dein Job gewesen. Du hättest mir Süßigkeiten wegnehmen müssen, du hättest heulen müssen, wenn ich etwas bekommen hätte und du nicht, und du hättest Omas Aufmerksamkeit bekommen müssen und ich hätte schmollen müssen deswegen, weil ich doch immer Omas ungeteilte Aufmerksamkeit bekommen hatte, vorher, bis du dann gekommen wärst, mit deinen süßen Löckchen und allem, den Daumen im Mund, Kulleraugen, der Klassiker, wie ich früher, wie im Kinderbuch. Du hättest der liebe Kleine bleiben müssen, während ich Akne bekam und ersten Bartflaum und schlechte Laune. Du hättest ins Zimmer platzen müssen bei einem meiner ersten Küsse und du hättest »Iiieh!« schreien und petzen müssen, immer, bei allem: »Mama, der Ole hat …«, »Papa, der Ole sagt …«, »Mamaaaa, der Ole macht schon wiiieder …«. Wäre einfach dein Job gewesen und du hättest ihn ausführen können, ohne Lehre, einfach so, durch Berufung, »kleiner Bruder« und alle dazugehörigen Aufgabengebiete, das wäre dir eingeschrieben gewesen, in deine DNA. Wir zwei, wir hätten uns hassen müssen, aber nur oberflächlich, nur zum Üben für die Welt da draußen und um ein paar Aggressionen loszuwerden, und nur bis zu dem Punkt in uns, an dem wir uns über alles geliebt hätten.

Klar, ich hätte eifersüchtig sein müssen auf dich, aber dann hättest du mich angesehen und ich dich und ich hätte deine weiche Haut gefühlt und du wärst ganz wach gewesen und ganz da und dann wäre es klar gewesen: Brüder für immer. Ole der Große und Lars der Kleine. Ich hätte dich zum Lachen gebracht, mit ganz einfachen Tricks, die Hände vors Gesicht nehmen, durchschauen und »Guckguck« sagen zum Beispiel, dann hättest du gequiekt, jedes Mal wieder, zehn, zwanzig Mal hintereinander, und alles an dir hätte gelacht, nicht nur der Mund, sondern auch die Augen und der ganze Körper, gebebt hätte er, vor lauter Freude, die dich einfach so überkommen hätte, völlig ungefiltert und irrational. Und ich wäre ja noch ein Kind gewesen, ein kleines, und doch hätte ich in diesen Momenten gemerkt, dass ich dich liebe, ganz anders noch mal als ich unsere Eltern liebte, und ohne dass ich es hätte benennen können, aber es wäre in mir gewesen, einmal von oben bis unten, und ich hätte dich fest in den Arm genommen, zu fest, sodass unsere Mutter gelacht, aber auch ein bisschen ängstlich »Vorsicht, nicht so feste!« gesagt hätte, denn ich hätte ja nicht gewusst, wie fest man so einen kleinen Jungen wie dich drücken darf, und ich hätte dich drücken wollen, so fest ich nur konnte.

Du hättest mich bewundern und ich hätte dich beschützen müssen, eh klar, wenn es hart auf hart gekommen wäre, und das wäre es sicher das ein oder andere Mal, nicht Actionfilm-mäßig oder Straße-in-der-Bronx-mäßig hart, aber ein bisschen eben doch. Irgendwann wäre es passiert, dass dir irgendwer blöd gekommen wäre, mir ist das ja auch passiert, und du hättest sicher auch diese weichen Gesichtszüge gehabt, die ich immer hatte, und diesen etwas angespeckten Körper, der ein bisschen zu tollpatschig gewesen wäre, um damit zu den coolen, sportlichen Jungs zu gehören. Du hättest Füße gehabt, die etwas nach außen zeigen, runde Schultern und einen Ring um den Bauch und große Augen unter den weichen Locken. Sie hätten dich auf dem Schulhof geschubst und ich hätte es gesehen und sie zurückgeschubst und mir eine eingefangen oder zwei, aber das wäre eben mein Job gewesen, ich wäre ja dein großer Bruder gewesen und hätte eben auf dich aufgepasst. Du hättest mir darum vertraut und hättest sein wollen wie ich, hättest mir nachgeeifert, weil du mich für stark und mutig gehalten hättest, und auch einfach so, weil das automatisch passiert bei kleinen Brüdern, und damit wärst du mir ab und zu auch gehörig auf die Nerven gegangen, vor allem natürlich während meiner Pubertät, die vier Jahre vor deiner gekommen wäre. Da hätte ich dich manchmal abschütteln wollen, meine Freunde hätten dich verarscht, dir Lügen über die Welt erzählt und es lustig gefunden, dass du sie geglaubt hättest. Aber glaub mir, Schlimmeres hätte ich nicht zugelassen, am Ende wäre ich doch immer auf deiner Seite gewesen. Ich hätte cool sein wollen vor den anderen, aber hätte ich wählen müssen, ich hätte doch immer dich gewählt, und zu Hause, beim Fernsehen, hätten wir immer noch geschmust, das hätte ja schließlich von den anderen keiner sehen können.

Wir hätten uns verbündet, gegen Idioten und Spinner, gegen Langweiler und Angeber und gegen jeden, der einen von uns verletzt hätte. Und sogar gegen unsere Eltern, wenn sie etwas hätten verbieten wollen, wenn sie gestritten hätten, wenn sie einen von uns unfair behandelt hätten. Denn bei allen Frotzeleien und Streitereien wären wir vor allem loyal gewesen, absolut loyal, so sehr, dass wir sogar Blutsbrüder geworden wären, so richtig mit Finger anritzen und Fingerspitzen aneinanderdrücken, und das, obwohl wir ja von Natur aus schon das gleiche Blut in den Adern gehabt hätten, aber doppelt gemoppelt hält halt besser. Und er hätte wirklich gehalten, unser Bund, vor allem auch später, als Erwachsene. Erwachsene Brüder haben es leichter miteinander und wir hätten es besonders leicht gehabt, weil wir uns ja schon vorher immer gut hätten leiden können und dann wären auch noch die kindlichen Streitereien weggefallen, weil wir uns nicht mehr hätten aneinander messen und miteinander konkurrieren müssen. Ich hätte dich bewundert für dein ruhiges, erfülltes Leben. Du hättest etwas gemacht, das du geliebt hättest, nichts, bei dem du besonders im Mittelpunkt gestanden hättest, aber das dir sehr am Herzen gelegen hätte, Seehunde im Zoo pflegen oder was mit Automechanik oder Lehrer vielleicht, so ein wissender Biolehrer, der immer zum Vertrauenslehrer gewählt worden wäre. Wir hätten oft telefoniert und uns häufig besucht und wir hätten Mama geholfen,

Papas Beerdigung zu organisieren, du wärst dabei stark und ruhig gewesen, stärker und ruhiger als ich, und ich wäre erstaunt und begeistert gewesen, und stolz und glücklich, weil ich mich auf dich hätte verlassen können. Wir hätten Mama gepflegt, wenn sie alt und gebrechlich geworden wäre, vielleicht hätte sie bei mir gewohnt oder bei dir und deiner kleinen Familie. Du hättest eine hübsche Frau gefunden oder einen hübschen Mann, und du wärst der beste Partner gewesen, den sie oder er sich hätte wünschen können, weil du so sanftmütig und gutherzig gewesen wärst, in dir ruhend, uneitel, aber bedacht und feinsinnig, und der beste Vater für mindestens zwei Kinder, einer, der sie in den Arm nimmt und dann wird ihnen sofort warm. Du und ich, wir hätten zusammen um Mama geweint, uns in den Arm genommen und auch mir wäre dabei warm geworden, du hättest am Grab meine Hand gehalten. Du hättest dich sogar um mich gekümmert, wenn ich krank geworden wäre, eine Selbstverständlichkeit für dich, weil ich doch dein großer Bruder gewesen wäre, der sich früher auf dem Schulhof für dich eingesetzt hätte, mit schwachen Armen, aber einem starken Willen. Du hättest an meinem Bett gesessen, Tag und Nacht, und du hättest um mich geweint, wie du um Mama geweint hättest. Groß wärst du gewesen und kräftig auf eine Art, die nicht körperlich stark gewesen wäre, eher gemütlich, gesetzt, und an meinem Totenbett wären deine runden Schultern nach vorn gesunken und der runde Kopf dazwischen auch und deine großen Augen wären traurig gewesen, aber immer noch ganz warm, und du hättest wieder meine Hand gehalten, bis sie kalt geworden wäre.

Aber du wolltest nicht bleiben. Dabei hätte ich einen Bruder haben können und so einer wärst du gewesen, ein guter. Ja, ich weiß, es hätte auch sein können, dass du ein Arschloch gewesen wärst, aber das will ich nicht glauben, ich will mir den, der du hättest sein können, gut denken. Ich habe ja die Wahl, weil du mir keine Vorgaben gemacht hast, ich kann dich denken, wie ich will.

Ich kann dich nur denken und mich nicht an dich erinnern, weil ich dich nie kennengelernt habe. Ich habe dich nie gehalten, ich habe dich nie gesehen, aber unsere Eltern haben damals so sehr um dich geweint, dass sie wohl etwas in dir gesehen haben müssen, etwas Gutes. Und vorher, da waren sie so glücklich und aufgeregt, ich weiß das noch, es ist eine meiner ersten Erinnerungen, wie sie mir von meinem kleinen Bruder erzählten, der bald da sein würde, dass ich ihn sehr lieb haben würde und mit ihm spielen könnte. Ich weiß noch, wie ich die Hände auf Mamas Bauch legte, wie ich dich fühlen konnte, du warst da, du hast ja schon gelebt, wir haben dich erwartet. Und dann kam der Tag und ich wartete bei Oma, dass ein Anruf kam und wir euch besuchen könnten. Und dann kam ein Anruf und Oma weinte und zog mir meine Jacke an und weinte und zog mir meine Schuhe an und weinte und setzte mich ins Auto und weinte, ich habe lauter kurze Szenen vor Augen, die vom weinenden Gesicht unserer Oma ausgefüllt sind. Und als Nächstes erinnere ich mich an die Gesichter von Mama und Papa, die ganz versteinert wirkten, ganz anders als sonst. »Er hat nicht geschrien«, sagte Mama und dann weinte sie auch und Oma weinte noch immer oder wieder. Und als ich fragte, wo mein kleiner Bruder sei, nahm Papa mich auf den Arm und sagte: »Er wollte nicht bleiben.«

ZAHNRÄDER

Als Jure geboren wurde, war ich vier Jahre alt und verbrachte am liebsten Zeit im Kindergarten. Es gefiel mir dort, aber Jure gefiel mir auch, darum war ich etwas lieber zu Hause, seit es ihn gab. Er lag im Bettchen und schrie, ich streichelte seinen Bauch, er hörte auf zu schreien, ich fühlte mich wie eine Zauberin.

»Ich zaubere das Weinen weg«, sagte ich und streichelte ihn.

Dana, vier Jahre, große Schwester und Zauberin.

»Papa« stand auf dem Display und darunter schaukelte lautlos eine Glocke. Papa hatte mich bisher genau ein Mal angerufen, um mir zu sagen, dass Oma tot ist, darum ging ich ran und fragte: »Ist was passiert?«

»Hallo Dana, hier ist Papa«, sagte Papa, weil Papa immer die Etikette wahrt. »Hör mal, kannst du morgen herkommen? Und bring Jure mit.«

»Warum?«, fragte ich.

»Wir müssen was mit euch besprechen«, sagte Papa, seine Stimme wie immer etwas zu hoch für einen erwachsenen Mann.

»Was ist los?«, fragte ich.

»Das kann ich am Telefon nicht sagen«, sagte Papa.

»Hast du Krebs? Oder Mama?«

»Dana. Bitte. Kommt morgen einfach her, okay? Gegen drei. Es gibt Kuchen.«

Ich legte auf. Das war vor drei Monaten.

Als Jure in den Kindergarten kam, war ich sieben Jahre alt und ging gerne zur Schule. Mittags, auf dem Nachhauseweg, holte ich Jure ab, ich lief durch die Schulstraße, die Gartenstraße, in den Steinweg. Ich strich mit der Hand an den Gartenzäunen entlang. Die Kindergärtnerin strich mir über den Kopf, ich trank einen Becher abgekühlten Früchtetee. Ich packte Jures Hausschuhe in seinen Dinosaurier-Beutel, ich versuchte, nur die Flugsaurier und die Triceratopse auf dem Beutel zu berühren, niemals die Tyrannosaurus Rexe. Ich band Jures Schuhe zu, die Kindergärtnerin strich mir noch einmal über den Kopf. Ich ging mit Jure nach Hause, durch den Steinweg, die Hauptstraße entlang, über den Dorfplatz in die Auersbacher Straße. Ich trug den Schlüssel an einem Band um den Hals und ich hatte einen blonden Pferdeschwanz.

Einmal gab es ein Schulfest, nachmittags, von halb eins bis um fünf. Jede Klasse stellte ein Land vor, wir die Türkei, weil drei türkische Jungs in unserer Klasse waren, deren Mütter uns halfen. Wir hatten eine türkische Flagge gemalt und Plakate gemacht, auf denen wir das Beschneidungsfest erklärten, Orhan, Taifun und Mesut hatten Fotos mitgebracht, auf denen sie angezogen wie kleine Könige auf kleinen Thronen saßen. Die meisten Mädchen hatten Bauchtanz geübt, aber ich hatte mich geschämt und war in die Süßigkeitengruppe gewechselt. Orhans Mutter brachte eine hellgelbe, klebrige Masse mit, die sie in Stücke schnitt, mit schnellen, geraden Bewegungen. Orhans Mutter roch nach Essen und wenn ich dicht neben ihr stand, konnte ich spüren, dass sie sehr warm war und die Wärme durch ihren Pullover nach außen drang. Wir wälzten die Stücke in Kokosraspeln und Puderzucker, ich hatte Hände aus Kokosraspeln und Puderzucker, und ich roch Orhans Mutter, und es juckte mich sehr an der Nase, aber ich konnte mich nicht kratzen, als meine Klassenlehrerin Frau Reiter kam, mir die Hand auf den Rücken legte und sich zu mir hinunterbeugte.

»Dana, solltest du heute deinen Bruder vom Kindergarten abholen?«, fragte sie, gerade so laut, dass ich es noch verstehen konnte, denn das war Frau Reiters Trick, so zu sprechen, dass man genau zuhören musste.

»Nein«, sagte ich und ich sagte es besonders laut. »Das macht Mama heute.«

»Jures Kindergärtnerin hat angerufen«, sagte Frau Reiter leise, ihre Stimme wie ein Boot, das nur eine Handbreit aus dem Wasser ragt. »Sie sagt, du musst Jure abholen.«

Ich wusch meine Hände, bis sie wieder aus Fleisch waren, zog die Jacke an, die zu warm war für diesen Tag, ich lief durch die Schulstraße, die Gartenstraße, in den Steinweg. Jure hatte geweint, seine zu kleine Nase war rot im bleichen Gesicht, die Augen verquollen, er saß auf dem Schoß der Kindergärtnerin, in einem Pullover, der zu warm war für diesen Tag, aber er mochte ihn so, es war ein Dinosaurier darauf, ein lächelnder Stegosaurus. Mama hatte Jure abholen wollen, Jure hatte sich geweigert, mitzukommen, er hatte nach mir gerufen, Mama hatte gesagt, ich sei in der Schule, beim Schulfest. Die Kindergärtnerin strich mir über den Kopf.

»Will eure Mama nicht zum Schulfest kommen, mit Jure?«, fragte sie.

Ich zuckte die Schultern.

»Möchtest du einen Früchtetee?«, fragte sie.

Ich zuckte die Schultern, sie strich mir über den Kopf. Ich wollte nicht, dass mir die Kindergärtnerin über den Kopf strich, ich wollte nicht Frau Reiters Flüsterstimme, ich wollte nicht Jure nach Hause bringen, ich wollte zu Orhans Mutter und den Süßigkeiten und ich wollte Hände aus Kokosraspeln und Puderzucker. Ich packte Jures Hausschuhe in den Beutel, mein Zeigefinger berührte einen Triceratops am Nackenschild. Ich ging mit Jure nach Hause, an der Hauptstraße hielt ich ihn an den Trägern seines Beutels fest, der Schlüsselbund klirrte vor meinem Bauch. Ich war wütend, auf Frau Reiter, auf die Kindergärtnerin, auf Jure, auf Mama.

Am nächsten Tag gab Orhan mir eine kleine Tupperdose mit Süßigkeiten darin. »Anne sagt, die hast du gemacht«, sagte er. Anne sagen türkische Kinder zu ihren Müttern, Anne, dachte ich, sei der Name von Orhans Mutter, ich wusste es ja nicht besser. Ich aß die Süßigkeiten nach der Schule, auf einer Mauer in der Gartenstraße, ein Stück nach dem anderen, meine Finger wurden klebrig, meine Lippen wurden klebrig, die Zuckermasse knirschte zwischen meinen Zähnen, ich kam zu spät, um Jure abzuholen. Ich hatte Süßigkeiten gemacht, zusammen mit Anne, meine eigenen Süßigkeiten, und sie selbst aufgegessen, alle.

Dana, sieben Jahre, große Schwester und Zuckerbäckerin.

Am Abend nach dem Anruf betrank ich mich. Nicht direkt nach dem Anruf, obwohl mir danach war, zuerst ging ich zu Jure, klopfte an seine Zimmertür, die wie immer nur angelehnt war, wartete nicht, bis er »Herein« sagte, denn das tut er nie. Ich darf immer in sein Zimmer gehen, wenn ich das möchte. Jure saß auf dem Bett und sah fern, ZDF, Vorabendprogramm, eine Telenovela, ich glaube nicht, dass sie ihn interessierte.

»Papa hat angerufen. Wir müssen morgen nach Hause fahren«, sagte ich und Jure sah mich an. Vor ihm lag ein aufgeschlagener Ordner, der war neu in diesem Bild aus Jure und Bett und Fernseher, dem Arrangement auf Dielenboden mit verstreuter Kleidung und gebrauchtem Geschirr, neu, seit Jure zur Berufsschule ging und Buchhaltung lernte.

»Wieso?«, fragte er.

»Ich weiß es nicht«, sagte ich, »Papa wollte es nicht sagen am Telefon.«

Ich konnte sehen, wie das Gesagte langsam bei Jure ankam, wie die Unsicherheit sein Gesicht erreichte und dort Furchen zog. Ich habe Jure oft weinen sehen in meinem Leben, ich weiß, wie es aussieht, bevor es anfängt.

»Ist was passiert?«, fragte Jure.

»Ich weiß es nicht«, sagte ich.

»Hat Papa Krebs?«, fragte Jure, das bleiche, haarlose Gesicht, die farblosen Haare, die zu kleine Nase.

»Jure, ich weiß es nicht«, sagte ich. Ich versuchte, mit besonders fester Stimme zu sprechen, das tue ich immer, wenn ich mütterlich sein muss, wenn ich Muttersachen sagen muss, Muttersachen wie: »Mach dir keine Sorgen. Ich geh jetzt noch ein bisschen raus. Wir nehmen die S-Bahn um zwei, es gibt Kuchen.« Und dann ging ich. Ich ging und traf Käthe, sie gab Schnaps aus, ich betrank mich. Als ich nach Hause kam, lag Jure in meinem Bett und schlief. Ich ging in sein Zimmer, warf den Ordner und die Klamotten vom Bett und legte mich in den säuerlichen Geruch von zu oft benutzter Bettwäsche. Eingeklemmt zwischen Bett und Wand das alte Stofftier, Littlefoot aus »In einem Land vor unserer Zeit«, stockiges Fell, ausgebleichtes Violett, ausgeleierter Hals.

Als Jure eingeschult wurde, war ich zehn Jahre alt und kam aufs Gymnasium. Ich fuhr mit dem Bus vom Dorf in die Stadt, stieg morgens Haltestelle »Hauptstraße« ein und mittags nach der Schule wieder aus, ging über den Dorfplatz in die Auersbacher Straße, den Schlüssel trug ich in meiner Jackentasche, nicht mehr um den Hals, das war mir peinlich geworden. Ich hatte einen blonden Bob, wenn mir die Haare ins Gesicht fielen, kitzelten sie mein Kinn, und wenn ich in der Schule saß, drehte ich daran. Jure war schon zu Hause, wenn ich kam, er ging den Schulweg mit dem Nachbarsjungen, er hieß Alexander. Sie hatten große, eckige Schulranzen, Jures passte zu seinem Dinosaurier-Beutel, der jetzt ein Sportbeutel war, und das Mäppchen passte dazu, der Brustbeutel passte dazu, es war ein Set. Ein Set voller Tyrannosaurus Rexe und Stegosaurusse und Triceratopse.

Ich aß alleine zu Mittag, weil Mama wollte, dass Jure mit ihr aß, sobald er nach Hause kam. Sie bewahrte mir einen Teller auf, den wärmte ich in der Mikrowelle. Meistens setzte Jure sich trotzdem zu mir, mit einem Glas Sprudelwasser, das mit extraviel Kohlensäure, das so salzig schmeckt. Er legte dann oft Stirn und Nase auf den Glasrand, weil er es mochte, wenn die Kohlesäureperlen an der Wasseroberfläche platzten und die Spritzer ihn trafen. Ich aß Kartoffeln mit Bratwurst und Erbsen und Möhren am Montag, Nudelauflauf am Dienstag,

Senfeier am Mittwoch, Reis mit Hühnerfrikassee am Donnerstag, Fischstäbchen mit Spinat am Freitag, Jure saß daneben, das Gesicht im Glas, es war sehr still. Ich weiß sehr gut, wie es klingt, wenn ich kaue.

Jeder hatte sein Zimmer, von Anfang an, sogar Mama und Papa, jeder eins. Jures und meine Zimmer waren unterm Dach, mit großen Fenstern in den Schrägen. Mein Zimmer war das schönste, weil am Morgen die Sonne reinschien, und ich hatte mein Bett direkt unter das Dachfenster geschoben. Mama kam jeden Abend, um mir zu sagen, dass ich das Licht ausmachen musste, und jeden Abend zog sie das Rollo herunter und hakte es ein, und jeden Abend löste ich den Haken wieder, sobald sie weg war. Ich schließe bis heute keine Rollos. Jure ließ sein Rollo eingehakt, aber sobald Mama weg war, stand er auf und kam rüber in mein Zimmer, barfuß, seine kleinen Füße machten leise Tapsgeräusche auf dem Holzboden, unter dem Arm trug er Littlefoot, das Fell am Hals schon ganz abgegriffen.

»Darf ich bei dir schlafen, Dana?«, fragte er. Er fragte das jeden Abend, ohne Ausnahme, es war sein Ritual, es war eine leere Fragehülse, sechs Worte, die für ihn und für mich den Beginn der Nacht und der Schlafenszeit markierten. Ich sagte jedes Mal Ja. Jure kroch unter meine Decke, ich drehte mich auf die Seite, Jure lag dicht hinter mir, sein kleiner Schnaufatem in meinem Nacken. Als ich noch den blonden Pferdeschwanz hatte, hielt er sich oft daran fest, nahm ihn in seine Faust und ich spürte, dass er eingeschlafen war, wenn sein Griff sich lockerte. Später konnte er meine kurzen Haare nicht mehr so gut fassen, darum hielt er sich an meinem Schlafanzug fest. Ich lag immer lange wach, hörte auf Jures Schnaufatem und spürte, wenn seine Beine zuckten. Wenn sein Griff sich lockerte, drehte ich mich auf den Rücken und sah aus dem Dachfenster, manchmal gab es Sterne, manchmal nur Schwärze. Morgens wachte ich meistens gegen fünf Uhr auf und sah weiter aus dem Fenster. Ich glaube, Mama hat nie gemerkt, dass Jure jede Nacht bei mir schlief und dass das Rollo immer offen war. Nur wenn einer von uns krank war, sah sie nachts nach uns, legte eine kühle Hand auf eine heiße Stirn, ein Gefühl, das mir heute noch eine Gänsehaut macht, die nicht nur wohlig ist. Wir standen jeden Tag pünktlich auf, wenn der Wecker klingelte, und trafen Mama unten in der Küche. An unseren Plätzen standen Tassen mit heißem Kakao, neben den Frühstückstellern fertig gepackte Pausenbrotboxen. Es waren immer ein Käse- und ein Schinkenbrot darin und dazu montags Kohlrabi, dienstags Möhren, mittwochs Äpfel, donnerstags Paprika und freitags Kirschtomaten. Papa ging um sechs aus dem Haus, ebenfalls mit Brotbox, wir sahen ihn morgens nie. Ich hörte ihn manchmal, wenn ich wach lag, hörte sie beide, die routinierten Morgengeräusche im Haus. Unsere Familie war eine Maschine, wir waren Zahnräder, die perfekt ineinander liefen, jeder und alles hatte seinen Platz, die Maschine lief sicher und ruhig, Jure stockte manchmal kurz, doch ich zog ihn mit, hakte ihn wieder ein, bis er wieder rundlief.

Wenn wir in die Küche kamen, war Mama immer schon geduscht und angezogen, ihre dunklen Haare zu einem festen Pferdeschwanz am Hinterkopf gebunden, ihr Frühstücksgeschirr abgeräumt, der Lokalteil der Zeitung aufgeschlagen auf dem Tisch.

»Habt ihr gut geschlafen?«, fragte sie, sie fragte das jeden Morgen, ohne Ausnahme, es war ein Ritual, es war eine leere Fragehülse, vier Worte, die für uns den Beginn des Tages markierten.

Jure sagte jedes Mal: »Ja.«
Ich sagte jedes Mal: »Ja.«
Dana, zehn Jahre, große Schwester und Lügnerin.

Als ich gegen zwölf in Jures Bett aufwachte, hatte ich Kopfschmerzen und meine Zunge war pelzig, mein Atem auch. Ich stand auf, mir wurde schwindelig, und es war kalt im Zimmer, trotzdem öffnete ich das Fenster. Ich ahnte schon, wie es hier drin jetzt roch, obwohl ich es nicht riechen konnte, weil der Geruch von mir selbst kam. Ich ging in mein Zimmer, ich weckte Jure, sein bleiches Gesicht in dunkelblauer Bettwäsche.

»Du warst lang weg«, sagte Jure.

»Los, aufstehen!«, sagte ich.

Jure ging duschen, ich kochte Kaffee und machte Frühstück, ich suchte das Kleingeld für die S-Bahn zusammen, ich hing die Wäsche auf, die seit gestern in der Maschine lag. Mein Kopf fühlte sich an, als sei er auf die doppelte Größe angeschwollen, dazu in meinem Mund dieser Pelz. Unter der Dusche streckte ich die Zunge so weit heraus, wie es ging, und hielt sie in den Wasserstrahl. Dann duschte ich so lang und so heiß, dass mein Bauch rote Flecken bekam.

In der Bahn saßen Jure und ich einander gegenüber, neben mir saß ein Mann, der sehr laut atmete. Mir war übel, ich schmeckte Kaffee und Magensäure im Rachen.

»Was glaubst du, was los ist?«, fragte Jure.

»Ich weiß es wirklich nicht«, sagte ich.

»Ich hab so Angst, dass Papa Krebs hat«, sagte Jure.

»Ja, ich auch«, sagte ich.

Der Mann atmete und ich war mir sicher, dass er zuhörte, ich bin immer sicher, dass Nebensitzer zuhören, ich höre ja auch immer zu. Die S-Bahn hielt, die Türen gingen auf, die Türen piepsten, die Türen schlossen sich wieder.

Dann sagte ich: »Oder Mama.«

Der Mann atmete, Jure schwieg und sah aus dem Fenster, mit bleichem Gesicht.

Als Jure aufs Gymnasium kam, war ich vierzehn Jahre alt und wollte das alles nicht mehr. Ich fuhr morgens mit Jure im Bus ab Haltestelle »Hauptstraße«, er saß jeden Morgen neben mir, aber dann schloss ich Pakte mit Freundinnen, den Nebeneinandersitzen-Pakt, den Jure-verdrängen-Pakt, den Jure-ignorieren-Pakt. Erst weinte Jure im Bus, dann wurde er zu meinem Schatten. Er saß im Bus hinter oder vor mir oder auf der anderen Gangseite, er folgte meinen Freundinnen und mir von der Haltestelle zur Schule, in der großen Pause hielt er sich in unserer Nähe auf. Anfangs machten meine Freundinnen sich lustig über ihn, manchmal sogar über mich, dann versuchten wir, uns vor ihm zu verstecken, ihm zu entkommen, dann gewöhnten wir uns daran, wir sahen ihn nicht mehr, er war da, aber unsichtbar. Nach der Schule blieb ich oft länger in der Stadt, mal mit Freunden, mal alleine. Jure musste nach Hause, er hätte Ärger bekommen, ich bekam ihn nicht, mein Essen wartete auf einem Teller in der Mikrowelle. Ich lief durch den Park oder das Einkaufszentrum und war ganz alleine, manchmal streckte ich die Arme nach beiden Seiten aus und sie berührten nichts. Am Wochenende schlief ich oft bei Freundinnen. Ich sprach zu Hause kaum noch ein Wort, nicht mal mehr »Ja« sagte ich am Morgen, wenn Mama fragte, ob wir gut geschlafen hätten. Jeden Abend, nachdem Mama das Rollo eingehakt hatte, schloss ich meine Zimmertür ab, jeden Abend hörte ich Jures Schritte und wie er meine Türklinke herunterdrückte und wie er dann wieder ging. Ich sah ihn vor mir, mit Littlefoot unterm Arm, wie er weinte, aber ich hatte kein Mitleid, ich war froh, alleine zu sein. Ich lag auf dem Rücken, die Arme weit von mir gestreckt, und sah aus dem Dachfenster, ich schlief, dann sah ich weiter aus dem Fenster.

Die Wochenenden waren immer schon Papa-Zeit gewesen. Er arbeitete die ganze Woche, aber an den Wochenenden verbrachte er Zeit mit uns, das war seine Pflicht und wir mochten die Papa-Zeit, weil sie Abwechslung bedeutete. Wir machten jedes Wochenende etwas anderes, mal Sommerrodelbahn, mal Spielenachmittag, mal Ausflug zu Opa, mal Kino, mal Wanderung ins Umland, es hing vom Wetter ab und davon, ob ich ein Tennisturnier hatte, und davon, worauf Papa Lust hatte. Es gab sogar verschiedene Wochenendgerichte, mal Hähnchen mit Pommes, mal Pizza, mal Nudeln mit Pilzsauce, mal etwas, was Mama noch nie gekocht, aber in einer Zeitschrift gefunden hatte. Und an den Wochenenden gab es Berührungen: Mama kämmte Samstagmorgen meine Haare, Papa hielt mich zwischen den Beinen in der Sommerrodelbahn, er trug Jure im Schwimmbecken auf den Schultern. An den Wochenenden lief unsere Maschine ein bisschen schneller oder langsamer, wurde an einen anderen Ort verschoben oder neu geölt, aber die Zahnräder liefen immer noch perfekt ineinander, kein Streit, keine Ausfälle. Als Jure noch bei mir schlief, weinte er sonntagabends oft, weil das Wochenende vorbei war, weil danach der Montag kam und der Dienstag, der Mittwoch und der Donnerstag und der Freitag, das war ihm zu lang. Jure hing an den Wochenenden, die Woche war nur Probe für die glückliche Familie, Disziplin, die Rolle lernen, sich Mühe geben. Das Wochenende war die Aufführung.

Aber die Pubertät war nicht mit in das System eingerechnet worden. Ich hakte aus, ich wollte nicht mehr mitmachen, ich enttäuschte.

An einem Samstag wollte Papa mit uns zum See fahren, es war sehr heiß, die Luft stand und flirrte schon am Morgen, aber ich sah beim Aufstehen nicht den Sommertag vor mir liegen, so wie früher an solchen Morgen. Ich fühlte mich erschlagen. Ich ging duschen und dann nicht zum Frühstück, sondern zurück in mein Zimmer. Ich öffnete das Dachfenster, legte mich ins Bett und ließ die Sonne in mein Gesicht scheinen, meine Haare trockneten, ich schwitzte, sie wurden wieder nass, es war eine Qual, ich konnte spüren, wie meine Nase rot wurde. Ich wusste, irgendwann würde jemand kommen, um nach mir zu sehen. Es war Papa, ich hörte seine Schritte auf der Treppe, sein Räuspern, um gleich etwas zu sagen, er hatte heute sicher noch nicht viel gesprochen. Er klopfte einmal an und kam rein, ohne auf ein »Herein« zu warten, keiner von uns hat jemals auf ein »Herein« gewartet. Anklopfen bedeutet Reinkommen. Ich setzte mich auf.

»Kommst du?«, fragte Papa, »Wir wollen bald los und du musst noch frühstücken. Hast du schon geduscht?«

»Ja, hab ich«, sagte ich. »Aber ich komme nicht mit.«

»Wie?«, fragte Papa.

»Ich mag nicht«, sagte ich.

»Das kann ja wohl nicht sein!«, sagte Papa.

»Doch«, sagte ich.

»Also wirklich«, sagte Papa. Dann schwieg er. Er sah mich nicht an, sondern schräg über mich hinweg aus dem Fenster. Ich konnte sehen, wie er nachdachte, nach Worten suchte, den richtigen oder überhaupt welchen. Wie ratlos er war, das war deutlich, vielleicht war er sogar verletzt, aber das konnte ich nicht sehen, das konnte ich nur vermuten, das wäre mein Wunsch gewesen, das hatte ich bewirken wollen. Er stand da, in Shorts und kurzärmeligem Hemd, die schlechte Körperhaltung, der hohe Haaransatz, sein Haar so farblos wie das von Jure.

»Hm«, sagte ich.

»Na gut, hier wird ja niemand gezwungen«, sagte Papa. Und dann ging er. Kein Wort zu meinem verschwitzten Gesicht, kein Konflikt, keine Nachfrage, kein Bitten, keine Sorge. Es gab da eine leichte Empörung, ein Unverständnis in seinem Tonfall. Mehr nicht.

Kurz darauf hörte ich Jure auf der Treppe, ich hörte seine Schritte und seinen kleinen Atem, der stockend und japsend ging, denn Jure weinte, natürlich, und dann stand er neben meinem Bett, auf dem ich mit dem Kopf am Fußende lag und las, ohne zu lesen, ich starrte in das offene Buch, um abgelenkt zu wirken, bis es vorbei war, bis alle gegangen waren. Sie würden gehen, das war klar, es gab keine Ausnahmen.

»Dana«, sagte Jure, »du musst mitkommen!«

»Nein«, sagte ich.

Jure legte sich neben mich, legte den Arm über meinen Bauch, weinte an meiner Schulter. »Bitte«, sagte er immer wieder. »Bitte, bitte, bitte. Komm mit. Ohne dich macht es keinen Spaß.«

»Geh weg«, sagte ich. »Du rotzt meine Schulter voll.«

Er ging, als Papa ihn von unten rief, mit zu hoher Stimme. Ich wusste, sie würden jetzt gehen. Ich wusste, keiner würde mehr kommen, Papa nicht mehr, Jure nicht mehr, Mama würde sowieso nicht kommen. Sicher hatte sie gefragt: »Was ist?« Sicher hatte Papa gesagt: »Sie will nicht mit.« Sicher hatte Mama gesagt: »Ach du meine Güte«, ein Tonfall wie ein Augenrollen, keine Nachfrage, keine Sorge, ich wurde wütend beim Gedanken daran. Ich lauschte den Aufbruchsgeräuschen unten, hörte, wie Jure sich die Nase putzte. Dann hörte ich die Haustür ins Schloss fallen, ich hörte die Autotüren schlagen und das Auto abfahren. Vor mir lag ein ganzer einsamer Sommertag.

Danach war die Maschine aus dem Rhythmus. Meine Pubertät machte aus mir ein dysfunktionales Zahnrad.

Dana, vierzehn Jahre, große Schwester und Betriebsunfall.

Papa holte uns an der S-Bahn ab, er wartete auf dem Parkplatz neben dem Taxistand, er war sehr blass und sah fast feierlich aus, in Stoffhosen und weißem Hemd, stand da neben seinem grauen Toyota.

»Na?«, sagte er.

Wir gaben uns die Hand, Küsschen rechts, Küsschen links. Jure gab ihm die Hand, Papa legte den linken Arm um ihn, hielt ihn kurz.

Papa schwieg die ganze Fahrt. Das tut er meistens, aber diesmal war es doch anders, weil es ja etwas zu sagen gab, das noch nicht gesagt werden sollte, aber bald gesagt werden musste. Mir wurde schlecht, ich hatte diesen schweren Katerkopf, diese Zunge aus Pelz. Ich saß auf dem Beifahrersitz, Jure auf dem Platz hinter Papa, der Platz für die kleinsten Kinder einer Familie, auf dem die Mutter einen vom Beifahrersitz aus gut im Blick hat, wenn sie sich umdreht. Mama war immer Beifahrerin, Papa war immer Fahrer. Das Kind hinter der Mutter, das Kind hinter dem Beifahrersitz verschwindet, es kann höchstens die Augen des Vaters im Rückspiegel beobachten und schnell aus dem Fenster sehen, wenn der Vater in den Spiegel sieht. Ich habe immer dort gesessen, hinter meiner Mutter, und Papa sah selten in den Rückspiegel. Jetzt saß ich auf dem Beifahrersitz. Ich drehte mich um, ich sah Jure an, Jure sah aus dem Fenster, er bemerkte meinen Blick, er sah mich an, ich versuchte ein Lächeln, manchmal muss man ihm das geben, manchmal beruhigt ihn das. Jure zog die Augenbrauen hoch, dann sah er wieder aus dem Fenster. Ich schluckte die Magensäure hinunter.

Als wir ankamen, brach mir der Schweiß aus, fieser, kalt-heißer Katerschweiß, am schlimmsten brannte er an den Schläfen und am Haaransatz, auf der Oberlippe und unter den Schulterblättern, es schüttelte mich. Papa schloss die Haustür auf und ich stürmte geradeaus in die Gästetoilette, Klodeckel mit Frotteeüberzug, passender Teppich um den Toilettenfuß, ich schloss die Tür ab und fiel auf die Knie, ein heißer Schwall in die weiße Schüssel, wieder schüttelte es mich. Ich wusch mein Gesicht, löste meinen Haarknoten, raffte ihn neu zusammen, atmete durch. Mein Gesicht im Spiegel war fleckig mit einem weißen Dreieck um den Mund, wie bei einer Fiebernden. Ich wollte nicht hier sein, ich sollte nicht hier sein, ich hätte keinen Schnaps trinken sollen, ich hätte mehr Schnaps trinken sollen.

Papa, Mama und Jure waren schon in der Küche. Meine Mutter sah mich an.

»Bist du krank?«, fragte sie.

»Hallo Mama«, sagte ich, wir gaben uns die Hand, Küsschen rechts, Küsschen links, beim Seitenwechsel atmete ich aus, damit ein Hauch von Erbrochenem sie erreichte, eine Antwort auf ihre Frage, wenn auch nicht die ehrlichste.

Am Küchentisch hatte schon immer jeder seinen Platz. Vier Menschen, vier Tischseiten, Mama und Papa an den schmalen, Jure und ich an den Längsseiten. Früher, bei meinen einsamen Mittagessen, habe ich mich manchmal an eine der schmalen Seiten gesetzt, nur so, um es mal auszuprobieren, aber es war nichts Besonderes, es wäre nur in Kombination mit den anderen etwas Besonderes gewesen, wenn Mama an einer Längsseite gesessen hätte und Papa an der anderen und Jure mir gegenüber an der schmalen Seite. Aber das passierte nicht, kein einziges Mal. Wir setzten uns, jeder an seinen Platz. Mama hatte Kirschstreusel gebacken und Kaffee gekocht. In meinem Darm brodelte es. Papas Schultern waren ein wenig nach vorn gewölbt, wie immer, ein leicht runder Rücken, manchmal wirkte das lauernd, meistens müde, heute müde. Mama sah streng aus, sie saß aufrecht auf ihrem Stuhl ohne sich anzulehnen, in einer Bluse und einer schwarzen, engen Jeans, viel zu eng eigentlich für eine Fünfzigjährige, aber nicht zu eng für meine Mutter und ihre eiserne Diät. Ihr dunkles Haar in dem festen Pferdeschwanz, die grauen Strähnen traten deutlich hervor, es waren mehr geworden seit dem letzten Besuch, ich fragte mich, warum sie ihre Haare nicht färbte. Ihre Wangenknochen zeichneten sich deutlich ab, wieder schüttelte es mich, aber ich spannte meinen Körper an, hielt dagegen.

»Nehmt euch Kuchen«, sagte Mama und goss sich Kaffee ein. Papa schob den Kuchenheber unter ein Stück Streusel und hob es auf seinen Teller, die Finger der anderen Hand schwebten dabei über dem Kuchenstück, bereit, es aufzuhalten, sollte es fallen. Mama wandte den Kopf zur Seite und schloss für einen Moment die Augen, als er anfing zu essen, seine Kaugeräusche, meine Magensäure, Jure, der sich Kaffee eingoss, Mama, die ihren nicht anrührte.

Nach dem zweiten Bissen gab Papa auf.

»Birgit, die Kinder warten«, sagte er und in seiner hohen Stimme lag ein Flehen. Mama räusperte sich und wischte mit der ordentlich gefalteten Papierserviette über ihren Mund, ohne dass es dort etwas zu wischen gab.

»Ich werde ausziehen«, sagte sie.

Als Jure sein Abitur machte, war ich dreiundzwanzig Jahre alt und studierte im vierten Semester Geschichte, weil ich nicht wusste, was ich anderes studieren sollte. Das Studium langweilte mich, aber mich langweilte vieles und zum Glück fand ich Käthe und ihren unbedingten Willen, sich nicht zu langweilen. Ich fuhr fast nie nach Hause, dabei war es ja nicht weit.

Nach dem Abitur hatte ich eine Auszeit genommen, natürlich, alle machten das so, ich reiste nach Australien und nach Thailand, natürlich, alle machten das so, und meine Eltern hatten Geld für mich gespart, natürlich, ich konnte es dafür verwenden und ich arbeitete auf Schaffarmen und in Cafés und in Hostels. Ich schrieb meiner Familie ein Mal in der Woche eine E-Mail, eine an alle drei, damit sie wussten, wo ich war und dass es mir gut ging. Zumindest schrieb ich immer, dass es mir gut ging, obwohl das nicht immer stimmte, und manchmal nannte ich auch einen anderen Ort als den, an dem ich gerade war, und genoss das Gefühl, dass sie nicht wussten, wo ich war, obwohl sie dachten, sie wüssten es. Sie antworteten alle einzeln, Mama fast nie, Papa öfter, Jure immer. Ich überflog die Mails, es standen Banalitäten darin, ihr Alltag, Jure schrieb manchmal, dass er mich vermisste. Etwa drei Monate nach meiner Rückkehr saßen wir bei meiner alten Schulfreundin Barbara im Partykeller ihrer Eltern und feierten ihren Geburtstag, und da sagte Jure, diese Zeit, als ich weg war, sei die bisher schlimmste gewesen.

»Deines Lebens?«, fragte ich.

»Meines Lebens«, sagte er und dann schwiegen wir, ein unangenehmes Schweigen, und er strich sich nervös durchs Haar, das er damals zu lang trug. Ich fühlte mich sehr weit weg, ich dachte, es sei vorbei, nun endgültig. Ich war gerade ausgezogen, in die Stadt, in meine eigenen fünfunddreißig Quadratmeter, kein Dachfenster, aber trotzdem Morgensonne und ein Balkon. Jure hatte geweint und hatte es zu verstecken versucht. Ich achtete so wenig auf ihn, dass er sich weit weg anfühlte, sogar wenn er weinte, sogar wenn er neben mir saß und sich durchs Haar strich, es war vorbei, er war jetzt alt genug, er kam jetzt klar. Ich fand, er müsste jetzt klarkommen.

Ich studierte, langweilte mich, bekämpfte mit Käthe und Partys und Alkohol und Sex die Langeweile, das funktionierte gut, sehr gut, und ich achtete nicht auf Jure. So wenig, dass ich nicht bemerkte, dass er nie aufhörte, auf mich zu achten, nie damit aufhören würde. Seine SMS, seine Mails, ich gewöhnte mich daran wie damals in der Schule, als er mein Schatten war, sie waren mein Hintergrundrauschen, ich überflog sie, ich antwortete manchmal.

Nach dem Abitur und nach seiner Ausmusterung wollte Jure auch studieren und wusste auch nicht, was, darum entschied er sich für Romanistik. Er zog in eine WG, ein anderes Viertel, fünfzehn Minuten mit der S-Bahn durch die Stadt und dann noch mal fünf Minuten mit der U-Bahn, aber die gleiche Uni. Vier Jahre lang, in Australien, in Thailand, in meinen ersten Semestern, war er am Rand meines Sichtfelds gewesen, jetzt blitzte er immer wieder darin auf, fand mich in der Cafeteria, in der Bibliothek, manchmal fand er mich sogar abends in einer Bar, wenn ich betrunken war und überschwänglich. Dann stellte ich ihn meinen Freunden vor, rief: »Das ist mein kleiner Bruder!« Und die anderen riefen: »Heeey, Danas kleiner Bruder!« Manchmal hatte er Freunde dabei, ein Mal habe ich ihn knutschen sehen, in einem Club, und es war vielleicht das Komischste, was ich je gesehen habe. Jure, der kleine Junge mit der zu kleinen Nase, dem farblosen Haar und dem Littlefoot unter dem Arm, der Dinosaurier-Junge, lehnte an einer Wand und hielt ein Mädchen.

Vier Jahre lang hatte ich gedacht, es sei endgültig vorbei, doch mit Jure als kleinem Bruder, der ein erwachsener Bruder wurde, kam es zurück. Vielleicht, weil Mama und Papa nicht mehr um ihn waren, weil er weg war von dort und fast nie hinfuhr, so wie ich, weil er trotzdem eine Verbindung war zu einem Ort, den ich doch nicht ganz loslassen konnte. Vielleicht auch, weil es schön war, dass mich jemand brauchte, und mir das gegen die Langeweile half wie Käthe und Partys und Alkohol und Sex. Immer öfter tauchte Jure dort auf, wo ich war, irgendwann auch deswegen, weil ich ihm sagte, wo ich war, ihn fragte, ob er vorbeikommen wollte. Wir gingen zusammen aus, Jure und ich, tanzen, ins Kino, er kam zum Frühstücken oder zum Abendessen und manchmal, wenn wir einen Film anschauten oder wenn wir unterwegs und betrunken waren, schlief er bei mir. Er lag dann in meinem Bett, dicht neben mir, er hielt sich nicht fest, das nicht mehr, und ich lag wach und es war fast wie früher und eigentlich war das nicht richtig. Käthe nannte es »ungesund«, aber ich langweilte mich so viel weniger und ich wollte nicht darüber nachdenken.

Das Problem war, das wirklich Ungesunde war, dass Jure ins Taumeln geriet. Ich lebte einen kontrollierten Kontrollverlust, vielleicht machte das die Langeweile, die mich immer wieder auf die Füße fallen ließ, die mich zur Uni trieb und in die Nebenjobs, die mich all die vernünftigen Sachen neben all den unvernünftigen machen ließ. Ich funktionierte wieder, meine eigene kleine Maschine, das rundlaufende Rädchen. Aber Jure hakte aus und ich war nicht schnell genug darin, ihn wieder einzuhaken. Er wurde noch hagerer, noch blasser, und er zuckte und sprach sehr viel im Schlaf. An Abenden, an denen wir uns nicht sahen, ich aber wusste, dass er unterwegs war, wurde ich nervös, ich schrieb ihm Nachrichten, ich wollte aufpassen.

Und dann, etwas über ein Jahr, nachdem Jure von zu Hause ausgezogen war, brachte ein Freund ihn nachts vorbei. Klingelte einfach Sturm, an einem Donnerstag um drei Uhr in der Nacht, ich fragte an der Gegensprechanlage, er sagte: »Simon hier, hab Jure dabei!« Sie kamen die Treppe rauf, Simon, ein rothaariger, zu kurz geratener, bulliger Typ, war völlig betrunken und verschwitzt, nur im T-Shirt, dabei war es November. Er hatte Jures rechten Arm um seine Schulter gelegt und schleppte ihn neben sich her, Jure trug einen Mantel, immerhin, er war offen, das Longsleeve darunter voller feuchter Flecken. Jure, ein bleicher, farbloser Sack. Er sah mich nicht an, er schien nichts anzusehen und schnaufte.

»Oh Gott«, sagte ich. »Was ist passiert?«

»Der hat sich Ketamin reingezogen oder so«, sagte Simon. »Und den halben Laden vollgekotzt.«

»Wieso hast du ihn nicht ins Krankenhaus gebracht? Oder den Notarzt gerufen?«

»Wollte der nicht. Der hat gesagt, dass er zu dir will. Sei froh, dass ich's überhaupt gepackt hab, den herzuschleppen, meine letzte Kohle ging für's Taxi drauf und da hätte der beinah auch noch reingekotzt.«

»Okay, okay, bring ihn rein«, sagte ich und fasste Jure am Arm, der schlaff an seiner Seite hing. Wir legten ihn in meinem Schlafzimmer aufs Bett, ich tätschelte seine Wangen und sagte seinen Namen, das kam mir vor wie im Film, da machten die Menschen das doch so. »Jure, kannst du mich hören, Jure, hallo?« Als Antwort maulte und brummelte er unverständliches Zeug.

Jure übergab sich die ganze Nacht, auch noch, als irgendwann nichts mehr zum Übergeben in ihm war. Ich hielt einen Eimer unter sein Kinn oder brachte ihn zur Toilette, wischte ihm mit einem nassen Waschlappen das Gesicht ab, kochte ihm Tee und saß den Rest der Zeit auf dem Boden neben dem Bett und schaute online alte Sitcoms an. Er schlief den ganzen nächsten Tag. Den übernächsten war er wach, blieb aber, den überübernächsten auch. Er blieb bis zum nächsten Dienstag und ich hatte Angst, ihn gehen zu lassen. Dieser Anblick, der kaputte Jure, der ausgehakte, verfolgte mich. Zum ersten Mal hatte ich Angst, ich könnte ihn verlieren, er könnte doch nicht klarkommen, er könnte den Punkt verpasst haben, an dem es Zeit gewesen wäre, klarzukommen, und ich hatte ihn zu lange alleine gelassen. An wem sollte er sich denn festhalten, wenn nicht an mir?

Ab diesem Tag rief ich ihn jeden Abend an, ich machte mir andauernd Gedanken und Sorgen, keine Sekunde Langeweile mehr. Wenn er bei mir schlief, war ich es, die ihn nachts manchmal festhielt, die sein Handgelenk umfasste, wenn er sprach oder zuckte, die dafür sorgte, dass meine Finger ihn irgendwo berührten, dass es eine Verbindung gab. Ich hätte ihn am liebsten gefragt, ob wir zusammenziehen wollen, eine Wohnung suchen, eine Wohnung teilen, damit ich auf ihn aufpassen konnte, aber ich traute mich nicht, es war doch nicht richtig und da war Käthe, mit der ich darüber sprach und die sagte: »Dana, bist du verrückt? Weil er einmal abgestürzt ist? Du bist nicht seine Mutti!« Ich sagte: »Ich weiß«, aber was ich wusste, war, dass er nicht einmal abgestürzt war, sondern immer wieder stürzte, und dass ich vielleicht doch so etwas wie seine Mutti war. Und dann war es Jure, der fragte, der neben mir an der U-Bahn-Haltestelle saß, auf dem orangefarbenen Plastiksitz, und sagte: »Dana, können wir zusammenwohnen?« Und ich sagte: »Ja.«

Dana, vierundzwanzig Jahre, große Schwester, und vor allem das.

Dieser Moment. In dem Mama, aufrecht sitzend, streng, ruhig sagte, sie werde ausziehen, und Jure sie mit offenem Mund anstarrte und Papa gequält den Blick auf den Streusel senkte und ich sagte: »Was?«

»Ich werde ausziehen«, sagte Mama noch mal.

»Aber warum?«, fragte ich.

»Ich habe einen Freund«, sagte Mama.

Papa stand auf, zu schnell, die Gabel fiel vom Teller und auf den gefliesten Küchenboden, das Geräusch war zu laut, wieder schloss meine Mutter kurz die Augen. Papa hatte seinen eigenen Abgang versaut, hob noch die Gabel auf, bevor er die Küche verließ, eine so hilflose Geste. Niemand hielt ihn auf.

»Was?«, fragte ich wieder. »Seit wann? Wieso? Wer ist es?«

Mama war noch nie gut im Erzählen, nicht mal im Vorlesen von Erzähltem, nicht mal im Wiedergeben dessen, was andere erzählt hatten, Mama konnte bloß Informationswiedergabe, und was wir erfuhren war: seit acht Monaten. Weil er ihr guttat. Jochen aus dem Englischkurs an der Volkshochschule, jünger als sie, sieben Jahre. Sie gab all das wieder, ohne Hast, ohne Emotion, scheinbar als Tatsache, dabei musste es in ihr doch brodeln, es brodelt doch, wenn man verliebt ist, wenn man Altes aufgibt und Neues anfängt. In mir brodelte es, in meinem Darm und in meinem Kopf, ich hatte das Bedürfnis, sie anzuschreien und zu weinen, aber ich konnte nicht, wie wenn man sich übergeben will, aber es nicht geht, den Finger schon im Hals hat, aber man würgt nur. Jure saß die ganze Zeit über schweigend da und sah uns dabei zu, wie wir miteinander sprachen, wie vor allem Mama sprach, und immer, wenn ich ihn ansah, erschrak ich, weil da nicht der hilflose, weinerliche Jure war, sondern sein Gesicht nach dem ersten Schock ganz hart geworden war.

»Ich muss mal an die frische Luft«, sagte ich irgendwann und zog meinen Mantel an und ging und Jure folgte mir wortlos. Draußen, als ich die Hände in die Manteltaschen steckte, hakte er sich unter und wir gingen den alten Spazierweg, den wir immer gegangen waren, raus aus der Siedlung und an der

Weide mit den Apfelbäumen entlang und der Tag war sehr grau und wir sprachen darüber, wie sehr das alles nicht sein konnte. Mama, ein Freund, Mama und verliebt sein, Mama und Sex, Mama und Ausziehen und: Papa und alleine sein.

»Müssen wir jetzt irgendwas machen?«, fragte Jure, sein Gesicht wieder weich und klein.

»Vielleicht für Papa da sein«, sagte ich.

»Ja.«

»Und Weihnachten bei beiden sein. Wie Scheidungskinder.«

»Nein.«

»Wie, nein?«

»Ich will nicht bei beiden sein. Ich geh nicht zu beiden«, sagte Jure.

Ich schwieg.

Als wir zurückkamen, räumte Mama die Küche auf, Papa saß im Wohnzimmer, in seinem Sessel, er saß einfach, die Zeitung auf den Knien, zusammengefaltet. Ich hätte ihn gerne angesprochen, gerne gefragt, ob er reden wollte, aber ich wusste nicht, wie. Ich wusste nicht, wie man Papa fragt, ob er reden will, dabei kannte ich ja die Frage, aber es war nicht möglich, sie ihm zu stellen, es war nicht möglich, für ihn da zu sein, obwohl ich wusste, ich müsste eigentlich für ihn da sein. Aber die Frage »Willst du reden?« oder die Frage »Kann ich irgendwas für dich tun?«, die gab es auf unserer Ebene der Kommunikation nicht, da gab es fast gar keine Fragen, da gab es nur Informationen und vielleicht mal ein »Was?« ein »Wie bitte?« ein »Warum?«. Oder eine Frage, wie ich sie schließlich stellte: »Kannst du uns gegen sechs zur S-Bahn bringen?« Das funktionierte, Papa konnte »Ja« sagen, das war leicht.

Wir gingen in die Küche und setzten uns wieder an den Tisch. Wir halfen Mama nicht, das hatte sowieso keinen Zweck, das war ihr Revier mit ihren Handgriffen, man konnte nichts richtig machen. Es war wichtig, dass sie das alleine machte und dabei aussehen konnte wie jemand, der sich ergeben hat. Niemand sprach, Jure schob mit dem Finger Krümel auf der Tischplatte zusammen, seine Augenbrauen zusammengezogen, eine steile Falte auf der Stirn, ich blätterte in Angebotsprospekten, Mama spülte, trocknete ab, nahm zwei Tupperdosen aus dem Schrank.

Und dann sagte Jure: »Ich hatte Angst, dass wir herkommen sollen, weil Papa Krebs hat oder so. Aber ich hätte echt nicht gedacht, dass es ist, weil du ihn sitzen lässt.«

Ich sah zu Jure, dann zu Mama, sie stand mit dem Rücken zum Tisch, sie öffnete die zwei Tupperdosen auf der Anrichte und hob je zwei Stücke Streusel hinein. Ohne sich umzudrehen, sagte sie: »Ich hätte ja auch Krebs haben können.«

Jure schwieg einen Moment. Dann sagte er: »Bei dir wäre es mir egal gewesen.« Mamas Bewegung stockte, nur ganz kurz, dann verschloss sie sorgfältig die Tupperdosen und reichte jedem von uns eine.

»Den könnt ihr mitnehmen«, sagte sie.

Als Jure und ich zusammenzogen, war ich glücklich. Zumindest glaube ich das. Ich wurde gebraucht, das gab mir ein gutes Gefühl, das muss wohl Glück sein, dachte ich. Zwei Zimmer, eine Wohnküche, zwischendurch eine Katze, aber wir gaben sie wieder ab, das Katzenklo störte. Jure ging nicht mehr zur Uni. Oft lag er in meinem Bett, wenn ich nach Hause kam, und oft war ich zu müde, ihn aufzuscheuchen, oft strich ich ihm nur über das farblose Haar und dann kochte ich etwas und irgendwann kam er in die Küche geschlichen, weil der Geruch ihn lockte, aß dann aber kaum etwas. Er konnte lange so dasitzen, am Küchentisch, die Hand auf einem Glas mit Mineralwasser, das mit extraviel Kohlensäure, das so salzig schmeckt, und er wirkte wie ein Greis, der es genießt, dass um ihn herum noch etwas Leben ist, während ich abspülte und aufräumte. Er ging kaum noch aus.

Jure kam nicht klar ohne mich und obwohl Käthe mich immer wieder warnte, ein Mal sogar anschrie, obwohl mein Studium darunter litt und meine Freizeit, kümmerte ich mich um ihn. Acht Wochen nach unserem Umzug, eine Zeit, die er hauptsächlich in meinem Bett verbracht hatte, sagte ich ihm, er müsse weiterstudieren oder einen Job finden, eine Ausbildung.

»Ich will ja auch irgendwas machen, Dana«, sagte Jure. »Aber ich weiß nicht, was.«

Also füllten wir einen Samstag lang gemeinsam Studienfachwahl- und Berufswahl-Fragebögen im Internet aus, alle, die wir finden konnten. Das war ein schöner Tag, in Jogginghosen, mit viel Kaffee, draußen schien die Sonne, dadurch war es drin auch schöner, wir bestellten Essen beim Asiaten, ich füllte selbst viele Bögen aus und sollte »Redakteurin« werden oder »Floristin«. Einmal füllte ich alles so aus, dass es gar nicht zu mir passte, und mir wurde empfohlen, Luft- und Raumfahrttechnik zu studieren. »Wenn ich mein Gegenteil wäre, wäre ich Ingenieurin«, sagte ich.

Am Ende pendelten sich Jures Ergebnisse bei den Studienfächern Sozialpädagogik oder Gesundheitsmanagement und den Ausbildungsberufen Erzieher oder Physiotherapeut ein. Als ich am nächsten Morgen aufwachte, lag Jure nicht mehr neben mir, wo er am Vorabend eingeschlafen war, und ich fand ihn in der Küche, am Tisch sitzend, mit einem Kaffee, den er selbst gekocht hatte, vor dem Laptop, und er lächelte mich an, wie ich ihn seit Monaten nicht hatte lächeln sehen, und sagte: »Dana, ich werde Einzelhandelskaufmann.« Das war das Letzte, womit ich gerechnet hatte, aber vielleicht gerade darum genau das Richtige. Jure fand schneller einen Ausbildungsplatz als erwartet, in einem großen Schreibwarenladen, und er fand langsam eine Routine. Ich weckte ihn jeden Morgen.

Zur Weihnachtsfeier des Ladens waren alle mit Begleitung eingeladen und Jure fragte mich, ob ich mitkommen wolle, eigentlich flehte er eher darum, »Dana, bitte«, sagte er, »du musst mitkommen«, immer musste ich mitkomme, es gab kein Können.

»Ist das nicht komisch?«, fragte ich. »Da kommen doch sicher alle mit ihren Partnern und so.«

»Sind wir doch auch«, sagte Jure und ich runzelte die Stirn und er sagte: »Irgendwie.«

Also ging ich mit, wurde zur Begleitung, zog einen Rock an und trat neben Jure in das Restaurant, in dem der große Tisch reserviert war, und traf Jures Kollegen und Mitauszubildende beim Sektempfang und er stellte mich vor. »Das ist Dana«, sagte er jedes Mal, mehr nicht. Und als sein Chef kam und ich ihm meine Hand reichte, nahm Jure meine andere und sagte: »Das ist Dana«, mehr nicht. Und ich überlegte kurz, ob ich etwas sagen sollte, ob ich sagen sollte oder musste: »Ich bin seine Schwester.« Aber dann war es mir doch zu egal, wer ich war und welche Funktion ich hatte, ich gehörte zu Jure und das war eindeutig und das reichte ja auch.

Dana, fünfundzwanzig Jahre, große Schwester. Mindestens.

Ich hätte nicht gedacht, dass das passiert. Dass Mama so schnell auszieht. Drei Wochen nach unserem Besuch war sie schon nicht mehr da. Eingezogen bei Jochen. Mit all ihren Sachen und mit der Hälfte des Geschirrs, genau die Hälfte, abgezählt, keine Ahnung, ob Jochen Platz dafür hatte, ob er in einem Haus wohnte oder in einer Wohnung, ob er Familie hatte oder nicht. Ich fragte nicht nach, wir telefonierten wegen Formalitäten und nicht mal davon gab es viele, Jure sprach gar nicht mit ihr und sie nicht mit ihm. Sie verschwand einfach, als hätte sie jahrelang nur darauf gewartet, endlich verschwinden zu können, vielleicht hatte sie das sogar wirklich getan, war ihrer Pflicht nachgekommen, uns großzuziehen, mit warmen Socken an den Füßen und einem Sparbuch für alles, was man als junger Mensch im 21. Jahrhundert machen und erleben muss, und jetzt war ihre Aufgabe erfüllt. Jure und ich besuchten Papa, nachdem sie weg war, und er führte uns durchs Haus, als sähen wir es zum ersten Mal, und zählte in jedem Raum auf, was sie mitgenommen hatte, er ging sogar mit uns unters Dach in unsere alten Zimmer und sagte: »Von euren Sachen hat sie nichts mitgenommen.« Er wirkte wie ein trauriger Makler, der weiß, dass er sein Objekt nicht loswerden wird, zu trostlos, zu einsam, zu groß. »Überall ist zu viel Platz«, sagte er.

Aber noch weniger hätte ich gedacht, dass Jure das durchzieht. Nicht mal eine Woche nach Mamas Ankündigung, nach dem Besuch und dem Kuchen, rief er nach mir, als ich an seinem Zimmer vorbei ins Bad gehen wollte. »Dana«, rief er, »komm mal«, seine Stimme ein wenig zu hell. Ich ging in sein Zimmer und er sah mich an, bleich wie immer saß er auf der Bettkante, fast durchsichtig, der ganze Mensch, neben sich den Ordner, im Schoß den Littlefoot, dessen Hals er immer wieder ein wenig eindrehte und sich dann wieder aufdrehen ließ.

»Dana, ich ziehe zu Papa«, sagte er.

»Was?«

»Er ist doch so alleine jetzt.«

»Jure, das geht nicht, da bist du doch jeden Tag fast eine Stunde unterwegs in die Stadt!« Ich sprach mit fester Stimme, ich war mütterlich, pragmatisch, ich sagte nicht, was für ein

Irrsinn das sei, dabei war es das doch, ich sagte nur, wie unökonomisch das doch wäre.

»Ich mach das, Dana«, sagte Jure. »Und ich finde, du musst mitkommen.«

Müssen. Immer müssen. Es gab kein Können.

Mir wurde sehr heiß, mein Herz raste, die Hitze und das Rasen stiegen mir in den Kopf, ich wusste nichts zu sagen, was ich spürte, das war die reine Panik, und das machte mir noch mehr Panik. Jure kam nicht klar ohne mich, also musste ich gehen, wenn er ging, oder? Und was war mit mir, was zur Hölle war mit mir, wie würden meine Tage aussehen, wenn Jure nicht mehr hier wäre, nicht mehr in der Stadt und nicht mehr in meiner Wohnung, wenn ich einen Mitbewohner hätte, eine Mitbewohnerin, wieder alleine wohnen würde? Was wäre dann meine Aufgabe, wen musste ich am Morgen wecken außer mir selbst? Ich ging und ich warf Jures Zimmertür zu, das hatte ich noch nie getan, überhaupt Türen knallen, das hatte es in meinem Leben bisher nicht gegeben, und ich erschrak fürchterlich vor dem Geräusch und schloss meine eigene Zimmertür ganz leise und rief Käthe an.

Ich hätte nicht gedacht, dass das passiert. All diese Dinge. Dass so viel aushaken kann, sich so viel verschieben kann, so viel nicht mehr funktioniert. Dass ich hier sitze und ein Christian eingezogen ist, den ich nicht kenne und der ein Zimmer brauchte und der irgendwas studiert, es interessiert mich nicht, er interessiert mich nicht. Dass ich seit drei Wochen Jure jeden Abend anrufen will und dann an Käthe denke, die mich davor gewarnt hat, und es dann doch nicht tue, nicht anrufe, sondern abwarte, und er sich nicht meldet. Dass er seine Sachen gepackt und mich zum Abschied umarmt hat und gesagt hat: »Überleg's dir,

Dana. Es wäre so gut. Und jetzt ist ja auch Platz.« Dass es auch vorher schon Platz gab, Platz, aber keinen Raum, keine Luft zum Atmen. Dass es die auch jetzt sicher nicht gibt, aber Jure denkt, es könnte sie geben. Dass ich schon alles vorbereitet habe. Das günstigste Angebot für einen kleinen Sprinter rausgesucht. Den Anzeigentext für wg-gesucht.de vorformuliert. Bananenkisten aus dem Supermarkt geholt. Mir ein Post-it mit der Nummer des Vermieters an den Laptop geklebt. Ich habe alle Teile der Maschine zusammengesetzt. Ich müsste sie nur noch anwerfen.

Dana, fünfundzwanzig Jahre, große Schwester und Ingenieurin.

Einer hätte gereicht

Von der Kosten-Nutzen-Rechnung her war es wahrscheinlich von Anfang an Quatsch, dass es uns beide gab. Falls irgendein Gott zu bestimmen hat, wer auf die Welt kommt, hätte er bei uns auch einfach sagen können: »Es braucht nicht beide. Zwei davon machen den Eltern nur mehr Arbeit und verschwenden doppelt Ressourcen, ohne dass die Welt einen Mehrwert davon hat.« Und dann hätte er mit seiner allmächtigen Hand die zwei Zellhaufen zusammengeknetet, nur einer von uns wäre auf die Welt gekommen und niemand hätte den anderen vermisst.

Aber es gibt uns beide, seit geschlagenen neunundzwanzig Jahren, und ich bin froh, dass ich auf die Straße schauen muss, weil es mich irritiert, Manu anzusehen. Am liebsten würde ich ihm sogar verbieten, sich zu bewegen, weil ich seine Bewegungen im Augenwinkel sehe und es meine Bewegungen sind. Im Radio interviewt ein Mensch einen anderen Menschen, vor uns zieht ein Audi nach links rüber und überholt einen anderen Audi, und ich wäre gern alleine. Ich gebe Gas, um den Audi ebenfalls zu überholen. Ich fahre zu schnell, der kleine Golf wird vom Wind leicht geschüttelt, und ich klammere mich am Lenkrad fest, um die Spur zu halten. Ich kann spüren, wie sich Manu neben mir anspannt, als würde er mit mir zusammen das Auto lenken.

Die meisten Menschen sehen sich nur dann selbst, wenn sie in einen Spiegel schauen. Oder auf ein Foto, das jemand von ihnen gemacht hat. Oder auf ein Selfie. Wegen der Selfies sieht sich sowieso jeder Mensch viel häufiger selbst als früher. Aber jeder Mensch kann sich eben auch dafür entscheiden, nicht in den Spiegel oder auf ein Foto zu schauen oder kein Selfie zu machen. Das ist nicht leicht, aber es geht. Aber wenn es einen zweiten Menschen gibt, der ganz genau so aussieht wie du, und wenn dieser Mensch mit dir aufwächst, kannst du deinem eigenen Spiegelbild nicht entgehen. Deine Mutter küsst es, dein Vater schaukelt es auf den Knien, es spielt mit dir, es spricht mit dir, es schmust mit dir, es kneift und tritt dich. Es klingt auch wie du, und ich glaube, meines riecht sogar wie ich. Jetzt gerade, in der engen Kapsel des Golfs, mit der Autoheizung auf Stufe drei, erinnert mich der Geruch hier an mich selbst, wenn ich morgens nackt in der Dusche stehe, in dem kurzen Moment, bevor ich das Wasser anmache und mich drunterstelle. Es ist Manus Geruch. Oder es ist meiner. Oder es sind unser beider Gerüche, die sich vermischt und verdoppelt und zu einer dicken Geruchsdecke verwoben haben, und Gott schüttelt da oben vielleicht wieder seinen Kopf und sagt: »So ein Unsinn, einer hätte gereicht, dann würde es jetzt auch nicht so streng riechen.«

Man muss sich das mal vorstellen: Da ist jemand, der irgendwie man selbst ist, und auf einmal verschwindet er.

Manu war sechs Jahre lang weg. Er hat seine Bachelorarbeit abgegeben und ist abgereist. Er hat meinen Eltern einen Brief geschrieben, dass sie sich keine Sorgen machen sollen, er wolle einfach mal raus und sein Ding machen, weg von der Familie und Deutschland, er werde sich melden und so weiter. Mama dachte natürlich sofort, das sei ein Abschiedsbrief und Manu sei irgendwo hingeflogen, wo es besonders schön sei, um dort im Paradies zu sterben. Papa hat es einfach hingenommen, weil er das meiste einfach hinnimmt und weil er nicht daran geglaubt hat, dass Manu sich umbringen will. Ich habe auch nicht daran geglaubt, ich hielt das sogar für großen Quatsch und ausgeschlossen. Manus Hochs und Tiefs sind immer genauso hoch und tief gewesen wie meine und damit ziemlich im Mittelfeld der Gefühle. Manu war nie depressiv oder suizidal. Manu war immer wie ich: pragmatisch, still, gelassen, manchmal ein bisschen verstimmt, nie euphorisch. Normal, wenn man das so sagen kann. Sehr normal. Wenn ich ihn ansah, sah ich den Durchschnitt, und wenn ich mich ansah, wusste ich, wo ich stand in der Welt: da, wo Manu steht. Ich wusste immer, was er vorhatte, wie es ihm ging, ich wusste in Gesprächen sogar, was er sagen würde, bevor er es sagte. Ich kannte seine Meinung zu etwas, bevor er sie ausgesprochen hatte. Manchmal war das schön und vertraut, manchmal praktisch und manchmal unangenehm, weil ich das Gefühl hatte, eine Meinung niemals für mich haben zu können. Manu stand auf die gleichen Mädchen und Frauen wie ich (Alina, Sarah, Madeleine) und er mochte die gleichen Pizzen (Caruso und die Speziale bei La Carolina) und reagierte auf Alkohol genauso wie ich (extrem schnell müde durch Bier, Übelkeit von Longdrinks mit Gin). Und solange ich nicht wusste, wie sich der Wunsch nach einem Selbstmord anfühlt, weil ich ihn nie hatte und voraussichtlich nie haben würde, war es für mich ausgeschlossen, dass Manu verreist war, um zu sterben. Ich legte Mama diese für mich völlig logische Argumentation am Telefon dar und sie sagte unter Tränen etwas, das ich nicht bedacht hatte und das mir schlagartig das Gefühl gab, etwas verloren zu haben, das bisher so sicher meins gewesen war wie eines meiner inneren Organe: »Hast du etwa gewusst, dass er abhauen will? Hast du davon im Voraus irgendwas mitgekriegt?«

Der Wind hat etwas nachgelassen, dafür regnet es jetzt. Ich merke, dass ich eine Pause brauche, länger als drei Stunden am Stück kann ich nicht fahren, und zur Toilette müsste ich auch mal. »Ich muss mal«, sagt Manu und ich sage »Ja«. Im Radio läuft jetzt ein Krimi-Hörspiel, so ein altmodisches, in dem die Männerstimmen klingen wie von einer Schallplatte, viel an Türen geklopft wird und man das surrende Geräusch einer Wählscheibe hört, wenn jemand eine Telefonnummer wählt. Weil ich mich auf die Straße konzentrieren muss, kann ich die Protagonisten nicht gut auseinanderhalten, aber es gibt auf jeden Fall zwei Kommissare, einen Hauptverdächtigen, einen Nachwuchspolizisten und eine Quotenfrau, die so klingt, als trüge sie ein geblümtes Kleid mit einem großen, weißen Kragen. »Willst du das wirklich hören?«, fragt Manu und ich sage »Ja«, obwohl das gar nicht stimmt. Aber es beruhigt mich irgendwie, es zu behaupten. Als könnte ich mich damit zumindest ein bisschen vom Beifahrersitz abschotten. Ein Schild weist uns darauf hin, dass in drei Kilometern die nächste Autobahnraststätte kommt.

Als kleine Kinder standen Manu und ich uns so nah, dass wir erst mal nur miteinander gesprochen haben, bevor wir mit anderen sprachen. Mama hat uns später immer wieder erzählt, wie wir mit eineinhalb Jahren anfingen zu sprechen, aber so, dass sie uns nicht verstehen konnte, oder nur teilweise. Wir benutzten eine Mischung aus normalen und erfundenen Wörtern und selbst unsere Mutter verlor den Anschluss, obwohl Mütter sonst ja immer als Übersetzerinnen zwischen ihren Kleinkindern und allen anderen Menschen fungieren. Wir behielten unsere Sprache bis in den Kindergarten, und wir lernten, nach außen hin zu sprechen wie alle, miteinander aber in unserer Geheimsprache. Wir behielten sie auch noch bis ins Grundschulalter und erst danach verlor sie sich langsam. Heute könnten wir kein vernünftiges Gespräch mehr darin führen, weil die Sprache nicht mitgewachsen und nichts aus der Erwachsenenwelt darin enthalten ist. Sie ist eine tote Sprache, wie Latein oder Altgriechisch. Aber einzelne Wörter, wenn man das so nennen kann, sind noch da, vor allem Ausdrücke, mit denen ich benennen kann, wie ich mich fühle, dass ich Angst habe oder mich freue, oder wie ich jemanden finde, nett oder blöd. Vielleicht ist das am längsten geblieben, weil wir unsere Sprache dafür am häufigsten genutzt haben: um uns mitzuteilen, wie wir uns fühlten, und um über andere zu urteilen. Und um uns zu bestätigen, dass wir gleich fühlten und urteilten. Wir waren uns einig und das gab uns Sicherheit. Als Kind ist es, glaube ich, das Schönste auf der Welt, niemals alleine zu sein.

Viele finden Autobahnraststätten deprimierend, aber ich mag sie. Weil die Menschen dort alle ein Ziel haben und schnell weitermüssen, niemand fährt einfach so hin und sucht nach Entspannung, die er da dann nicht findet. Das finde ich nämlich viel deprimierender, als wenn es von Anfang an gar keine Option auf Entspannung gibt. In einem Ausflugslokal oder einer Saunalandschaft, da sind diese Menschen, die nach einem bestimmten Zustand suchen und hoffen, ihn durch den Ort herbeiführen zu können, aber es nicht schaffen und darüber unglücklich werden. An der Autobahnraststätte ist alles zweckgebunden: Blase entleeren, Magen füllen, Beine vertreten, Luft schnappen, wenn auch keine frische. Das finde ich angenehm. Ich schließe den Golf ab und folge Manu ins Rasthaus. Hat er zugenommen? Nein. Abgenommen? Auch nicht. Seine Hose würde mir passen, seine Jacke sogar gefallen. Seine Haare sind etwas länger als meine, aber sie haben dieselbe Struktur. Niemand kann sich einfach so von hinten sehen und wissen, wie diese Rückansicht aussieht, wenn er läuft, wenn er eine Treppe raufgeht. Ich aber kann das tun, jetzt wieder, obwohl ich es gerade gar nicht will. Sechs Jahre lang hatte ich kein lebendiges Spiegelbild, sechs Jahre lang hatte ich einen Spiegelschrank im Flur, Schaufenster in der Stadt, Fotos und Selfies, wie jeder andere Mensch auch. Erst war es ungewohnt, dann war es erleichternd, dann war es normal. Und dann habe ich letzten Dienstag die Tür aufgemacht und alles war wie vorher, nur, dass es jetzt gar nicht mehr in mein Leben passt. Ich stecke meine Hände in die Jackentaschen, um wenigstens ein wenig anders die acht Stufen zum Eingang zu nehmen, als Manu es gerade getan hat, dessen Handflächen beim Gehen leicht nach hinten gedreht sind, als hätte jemand seine Arme falsch an den Schultern aufgehängt. So wie bei mir auch.

Wir waren diese Klischee-Zwillinge, die sich immer einen Spaß daraus gemacht haben, sich zu vertauschen. Wie im Film. Mama konnte uns immer ganz gut auseinanderhalten, aber schon für Papa war es schwieriger, und alle anderen hatten überhaupt keine Chance. »Hätte doch wenigstens einer von euch ein Muttermal irgendwo im Gesicht«, hat Oma Christa oft gesagt. »Dann könnte man euch daran unterscheiden!« Mich hat es bei dem Gedanken immer leicht geschüttelt, weil ich mich vor Muttermalen ekele. Aber das hat Oma nicht gewusst und nicht gemerkt, sonst hätte sie uns an unserer Reaktion unterscheiden können, wenn sie das sagte. Manu ekelt sich nämlich nicht vor Muttermalen, und das ist eine der wenigen Sachen, die bei uns verschieden sind. Außerdem gibt es noch ein paar andere Kleinigkeiten, zum Beispiel tatsächlich Muttermale an verschiedenen Stellen, die man aber meistens nicht sieht und über die ich auch nicht sprechen möchte, weil mir dann schlecht wird. Dann noch der minimale Größenunterschied: Manu ist vielleicht zwei Zentimeter größer als ich und vermutlich auch nur am Morgen. Dann ein paar Vorlieben und Abneigungen beim Essen, denn obwohl wir die gleichen Pizzen mögen, mag ich zum Beispiel gerne Kalbfleisch, Manu nicht so sehr, und ich hasse Rosenkohl, Manu nicht. Das wusste unsere Oma dann doch und sie hat sich einen Spaß daraus gemacht, uns Rosenkohl zu kochen und dann zu schauen, wer von uns schon beim Geruch das Gesicht verzieht, weil er nicht anders kann. Als wir größer wurden, funktionierte das aber nicht mehr so gut, weil Manu einfach aus Solidarität aufhörte, Rosenkohl zu essen, und sogar den Ekel mitspielte. Es sollte ja nicht ausgerechnet so etwas Blödes wie Rosenkohl unseren größten Vorteil gegenüber der restlichen Welt kaputt machen.

Und es war wirklich ein Vorteil. Wenn einer von uns etwas anstellte, holte sich manchmal sogar der andere den Rüffel dafür ab. Das klingt vielleicht komisch, weil man doch meinen sollte, dass ein Kind sich nicht für ein anderes ausschimpfen lässt. Aber bei uns war das anders. Als Manu zum Beispiel den Seitenspiegel unseres Autos mit einem Fußball abgeschossen hatte und ich mich an seiner Stelle von Papa dafür ausschimpfen ließ, war das für mich ja viel weniger schlimm als für Manu, weil ich ja nicht wirklich schuld war und mich nicht angesprochen fühlen musste. Die an Manu gerichtete Schimpftirade konnte ihn nicht treffen, aber mich auch nicht, sie traf keinen von uns, sie ging ins Leere. Andersherum war es allerdings für beide schlimm, wenn der Richtige von uns getadelt wurde. Denn wenn Manu litt, litt ich auch. Wenn er anfing zu weinen, war das, wie in einen Spiegel zu schauen, aber in einen, der dir nicht zeigt, was du gerade tust, sondern das, was du gleich tun wirst.

Ich wedele mit der Hand vor dem Sensor der Toilette herum, bis sie spült. Dann fährt ein kleines Reinigungskästchen aus dem Klokasten und die Klobrille beginnt sich zu drehen. Ich gehe nicht ans Pissoir, wenn es sich irgendwie vermeiden lässt. Dabei ist das Intimste in öffentlichen Toiletten meiner Meinung nach gar nicht, dass man nebeneinander pinkelt, sondern dass man sich danach nebeneinander die Hände wäscht. So wie es im Schwimmbad auch viel intimer ist, sich schon wieder angezogen nebeneinander die Haare zu föhnen, als nackt nebeneinander zu duschen. Urinieren und Stuhlgang und Nacktsein, das ist so offensichtlich intim, dass man vorher schon weiß, dass man sich dafür gleich ein bisschen schämen wird, wenn man es in der Halb-Öffentlichkeit tun muss. Aber ein so unschuldiger Vorgang wie das Haareföhnen oder das Händewaschen trifft einen jedes Mal wieder unvermittelt ins Schamzentrum. Vor allem, weil man dabei nebeneinander oder Rücken an Rücken an Spiegeln steht und es viel schwerer ist, dem Blick des anderen auszuweichen. Und man auch noch sehen kann, wie der andere sich selbst anschaut, was wohl einer der intimsten Momente überhaupt ist. Sonst siehst nur du den anderen, jetzt siehst du ihn und er sieht sich selbst, sieht dabei aber sicher etwas anderes als du, weil er aus sich heraus auf sich schaut und du von außen auf ihn oder auf sein Spiegelbild und umgekehrt. Eine Vielzahl von Blicken und Blick-Möglichkeiten schießt dann durch den Raum und ich würde mich jedes Mal gerne ducken und herauswinden, aber das ist ungefähr so schwierig wie in einem dieser Filme, wenn mal wieder jemand versucht, durch einen dunklen Raum voller Lichtschranken zu kommen, ohne die Alarmanlage auszulösen.

Zum Glück ist der ältere Herr mit Schnauzbart gerade fertig, als ich ans Waschbecken trete. Aber dann steht sofort Manu neben mir und wäscht seine Hände. Er wäscht sie sehr gründlich, er reibt sogar mit vier Fingern der einen Hand von oben Seife in die vier Fingerzwischenräume der jeweils anderen Hand, wie in einem Leitfaden für Grippeprävention. Das ist neu, das hat er früher nicht gemacht. Er merkt, dass ich ihn beobachtet habe, und schaut auf, in den Spiegel. Dort treffen sich unsere Blicke einen Moment zu lang, bevor ich mich abwende, um Papiertücher aus dem Spender zu ziehen. In diesem Moment kann ich uns beide sehen, nebeneinander. Ich kann sehen, dass er sich doch verändert hat in den vergangenen sechs Jahren, er ist älter geworden, klar, seine Züge kantiger, der Haaransatz ist etwas zurückgegangen, der Bartwuchs stärker, das erkennt man an dem Bartschatten auf seinem Gesicht. Und dadurch fällt mir auf, dass ich mich selbst verändert habe. Parallel zu ihm. Höhere Stirn, erwachsenere Züge, Bartschatten. Vor sechs Jahren sahen wir genau gleich aus und heute immer noch und ich kann das kaum begreifen. Er war doch weg. Er ist doch gegangen, um eigen zu werden, um jemand anders zu werden. Und jetzt ist er maximal eine Spur gebräunter als ich und vielleicht sind die Falten um seinen Mund etwas tiefer als meine. Wieso ist er nicht mager geworden? Wieso hat er keine gegerbte Haut oder eine Halbglatze oder breitere Schultern? Das passiert doch mit Menschen, die verschwinden, um irgendwelche Abenteuer zu erleben, oder? Er kann doch nicht einfach immer noch so aussehen wie ich, als wäre er gar nicht weg gewesen, sondern hätte die letzten sechs Jahre in den Hörsälen und Büros und Bars und WGs nebenan verbracht, ohne sich zu verändern, oder besser gesagt: um sich dort genauso viel oder wenig zu verändern wie ich. Er kann doch nicht wiederkommen und alles, was sich verändert hat, ist, dass er sich jetzt gründlicher die Hände wäscht.

Für uns kam irgendwann die Zeit, in der wir weder mit noch ohne einander sein konnten. Jahrelang hingen wir wahnsinnig aneinander und alle Versuche unserer Eltern, uns voneinander zu trennen, weil sie Sorge hatten, dieses enge Verhältnis könne ungesund für unsere Entwicklung sein, scheiterten. Als sie Manu mit zehn Jahren in den Schulferien für zwei Wochen zu Oma schickten, die wir sonst immer gemeinsam besucht hatten, um etwas Landluft abzubekommen, Appetit zu kriegen und kräftig zu essen (außer Rosenkohl natürlich), trat er in eine Art Hungerstreik und nahm nach zwei Broten mit Marmelade und einer Tasse Kakao zum Frühstück den Rest des Tages nichts mehr zu sich. Oma hielt das genau drei Tage lang durch, dann rief sie daheim an und Papa fuhr mich sofort zu ihr, weil zu Hause natürlich das gleiche Problem herrschte. Ich aß nicht und saß apathisch vor dem Fernseher herum. Wahrscheinlich rechneten Oma und Papa damit, dass wir uns bei unserem Wiedersehen euphorisch um den Hals fallen würden, aber stattdessen begrüßten wir uns mit einem beinahe förmlichen »Hallo« und gingen in die Küche, um uns wie selbstverständlich ungefähr zwanzig Brote zu schmieren, eine ganze 1,5-Liter-Packung Orangensaft auszutrinken und dann den Rest des Tages mit Bauchschmerzen im Garten herumzuhängen. Für Euphorie gab es auch gar keinen Grund. Wir hatten uns ja nicht vermisst. Man hatte uns nur einfach die Voraussetzung genommen, richtig zu funktionieren, als wären wir zwei Hälften eines Wagens, den man der Länge nach durchgeschnitten hatte und der auf den zwei übrigen Rädern natürlich nicht fahren konnte. Uns wieder zusammenzuführen war einfach nur die Wiederherstellung der Normalität, wie wir sie kannten.

Aber je älter wir wurden, desto frustrierender konnte diese Normalität sein. Wenn dir irgendwann bewusst wird, dass du dich ohne den anderen irgendwie beschnitten fühlst, wenn du alt genug wirst, um das zu reflektieren, merkst du, dass es dich oft wahnsinnig nervt. Dass du es gerne vermeiden würdest, den anderen bei jeder Planung mitzudenken, dass du gerne in der Lage wärst, dir dich selbst in einer Situation vorzustellen, ohne dass der andere automatisch in dieser Vorstellung auftaucht. Zwar hatten wir von unserem dreizehnten Geburtstag an getrennte Zimmer und schafften es nach ungefähr einem Jahr auch ganz gut, uns abends voneinander zu verabschieden und in diesen getrennten Zimmern zu schlafen, Wand an Wand. Aber ich weiß noch sehr gut, wie schwer es mir fiel, zu onanieren, ohne dabei in den Szenen, die ich mir währenddessen vorstellte, dauernd meinen Bruder vor mir zu sehen.

Das wurde zu einem Grundkonflikt unseres Erwachsenwerdens: Es gibt vieles, was man alleine tun muss. Viele Momente, durch die man alleine durchmuss. Und wir fingen an, das zu wollen. Aber während es einfach war, sich gegen die Eltern zu stellen, sie aus dem eigenen Leben zumindest ein Stück weit auszuschließen und gegen sie zu rebellieren, funktionierte das mit dem eigenen Zwillingsbruder sehr viel schlechter. Meine erste Freundin hatte ich mit fünfzehn. Ich lernte sie bei einem Tennisturnier kennen. Manu spielte damals Fußball und damit hatten unsere Eltern erreicht, was sie sich lange gewünscht hatten: Wir hatten zwei verschiedene Hobbys. Weil Lena zum Tennis gehörte, meinem ganz eigenen Lebensbereich, versuchte ich, sie vor Manu zu verheimlichen. Ich erzählte ihm nicht von ihr, weil ich das Gefühl hatte, sie sonst nicht mehr ganz alleine für mich zu haben. Ich hatte Angst, sie würde ihn genauso gerne mögen wie mich, weil er doch genauso war wie ich. Es schien mir unmöglich, dass jemand, der mich toll fand, nicht auch ihn toll finden würde, genauso wie ich es mir nicht vorstellen konnte, dass mich jemand hasste und nicht gleichzeitig auch ihn. Aber trotz dieser Angst, eine Hälfte von Lena an Manu zu verlieren, hielt ich es nicht lange aus, zu schweigen. Vielleicht vierzehn Tage, in denen ich mich dauernd fühlte, als würde ich krank werden, und das, obwohl ich zum ersten Mal wirklich verknallt war. Auf mein anschließendes Geständnis reagierte Manu beinahe gelangweilt, war danach aber immer informiert, wenn ich Lena traf. Bei unserem Geburtstag im Juli lernten sie sich dann sogar kennen. »Ihr seht ja wirklich genau gleich aus!«, war tatsächlich das Erste, was sie sagte, beinahe rief, als ich mit ihr zusammen in die offene Garage kam, in der die Biergarnitur aufgestellt und gedeckt war und in der Manu gerade Frikadellen mit Ketchup aß. Alle unsere Gäste und Papa lachten, Manu und ich nicht. Lena wirkte den ganzen Abend über leicht eingeschüchtert, weil sie es mit einem doppelten Freund zu tun hatte, und ich wich ihr nicht von der Seite, damit sie nicht in die Verlegenheit kam, aus Versehen Manu am Arm zu fassen oder seine Hand zu nehmen. Was sicher nicht passiert wäre, denn wir hatten schon mindestens ein Jahr vorher aufgehört, die gleichen Klamotten zu tragen. Doch als Lena auf die Toilette musste, brachte ich sie trotzdem hin, angeblich, weil sie ja nicht wissen konnte, wo sie sich befand, aber vor allem, damit ich vor der Tür warten und sie wieder sicher mit nach unten nehmen konnte. Mein Glück war wahrscheinlich, dass Lena mich vor allem toll fand, weil ich sehr gut Tennis spielte und das ungefähr mein einziges Alleinstellungsmerkmal gegenüber Manu war. Andererseits war es keines, das ein besonders solides Fundament für eine Beziehung darstellte, und darum (und vermutlich auch, weil wir beide noch sehr jung waren) trennten wir uns nach etwa acht Wochen wieder. Als ich Manu davon erzählte, nickte er und lächelte still in sich hinein.

Das Komische ist, dass Manu kaum geredet hat, seit er zurück ist, und ich habe ihn auch kaum etwas gefragt. Ich könnte und müsste ihn so viel fragen. Er könnte und müsste mir so viel erzählen. Aber ich habe kaum gefragt und er hat nichts gesagt. Vorige Woche stand er einfach so vor meiner Tür. Oder fast einfach so. Etwa zwei Wochen vorher hat er unserer Cousine Gabriela auf Facebook geschrieben. Bei ihr hat er sich ab und zu gemeldet, sehr unregelmäßig und nie ausführlich. Wo er gerade war, das wusste auch Gabriela nie. Sie hat Mama, Papa und mir trotzdem immer Bescheid gesagt, wenn sie eine Nachricht von Manu bekommen hat, damit wir wussten, dass es ihm gut ging. Das hat Manu sich so gewünscht. Aber diesmal hat er Gabriela nach meiner Adresse gefragt und das hat sie mir natürlich auch sofort erzählt. Und irgendwie habe ich dann schon geahnt, dass Manu auftauchen würde. Obwohl es ja genauso gut hätte sein können, dass er mir einfach nur einen Brief schicken will oder eine Postkarte. Aber um mich bloß zu kontaktieren, hätte er mir ja auch auf Facebook schreiben können. Oder eine Mail. Nachdem er gegangen ist, hat er sein Facebook-Profil gelöscht und sich später unter einem anderen Namen wieder angemeldet, um Gabriela und einigen wenigen anderen zu schreiben. Auf seiner Profilseite, die Gabriela mir gezeigt hat, war absolut nichts zu sehen. Nur der falsche Name und die weiße Silhouette auf blauem Grund, die auf Facebook immer dort auftaucht, wo eigentlich niemand ist. Manu machte Ghosting, bevor das überhaupt ein Begriff war. Er stahl sich davon, seine Handy-Nummer war inaktiv, Mails an ihn kamen zurück, »delivery failed«.

Und dann klingelte es Dienstagabend an meiner Tür und ich erwartete niemanden und ging an die Gegensprechanlage und sagte »Hallo?« und unten sagte jemand »Ich bin's« und obwohl ich seine Stimme sechs Jahre lang nicht gehört hatte, wusste ich sofort, dass er es war. Ich drückte die Tür auf, es surrte, er kam die Treppe rauf, sagte »Hey« und umarmte mich, als wären wir verabredet gewesen und er käme mal eben so zum Abendessen vorbei. Er hätte mich im Bademantel erwischen können oder mit Damenbesuch oder ich hätte nicht zu Hause sein können. Aber jetzt erwischte er mich ganz normal, in Jeans und Pulli und mit einem Schal um den Hals, und er trug Jeans und einen Pulli und einen Schal um den Hals, und ich sah ihn an und merkte noch einmal mit voller Wucht, dass ich längst aufgehört hatte, ihn zu vermissen, und als er die Wohnung betrat, war sie zu klein für uns beide. Ich fragte ihn, wo er gerade herkam, und er sagte, dass er vor drei Tagen aus Frankfurt nach München gekommen wäre, und ich fragte »Vom Flughafen?« und er sagte »Ja« und ich fragte ihn, wo er vorher gewesen war, und er sagte »Im Ausland« und fragte, ob ich Tee dahätte, er hätte Halsschmerzen. Und dann fragte er mich aus. Wie es mir ergangen wäre und wie es allen gehen würde und was und wen es Neues in meinem Leben geben würde, und ich antwortete ausführlich, weil ausführliche Antworten den Graben zwischen uns notdürftig mit Schutt füllten und weil sie verhinderten, dass es still wurde und ich eine Frage stellen musste und dann bloß enttäuscht worden wäre, weil ich keine richtige Antwort bekommen hätte. »Onkel Herbert ist im Dezember gestorben«, sagte ich irgendwann und dann sagte Manu: »Ich weiß. Hör mal, es tut mir leid.« »Ist ja schon eine Weile her«, sagte ich und er sagte: »Nein, ich meine, dass ich einfach abgehauen bin.« Und in diesem Moment wollte er mir helfen, über diesen beschissenen Graben zu springen, und ich wollte es versuchen, aber schaffte es nicht, sondern zuckte mit den Schultern und sagte: »Du warst ein erwachsener Mensch und Erwachsene dürfen machen, was sie wollen.« Er nickte und dann fragte er, ob ich am Wochenende schon was vorhätte. Und wenn nicht, ob wir zusammen zu unseren Eltern fahren könnten. »Ja, klar«, sagte ich. »Ich hab sogar ein Auto.« Ich sagte das, als wäre ich stolz darauf, als würde das beweisen, wie viel ich erreicht hatte. Denn ich merkte, dass ich Angst bekam. Angst, dass Manu mir plötzlich zu viel voraushatte, dass er viel erlebt und gesehen und gelernt hatte, während ich es nur bis nach München geschafft hatte, in eine winzige Einzimmerwohnung in der Maxvorstadt mit Tiefgaragenplatz zwei

Straßen weiter. »Cool«, sagte Manu und es klang wirklich irgendwie anerkennend. Ich sah ihn an und hielt das nur einen sehr kurzen Moment aus, weil es war, als würde ich einen Blick auf mein eigenes Leben werfen, auf mich, wie ich müde und alleine in meiner Wohnung saß und nicht viel mehr wusste, als dass das nicht alles sein konnte.

Der kleine Junge starrt uns an. Er sitzt in seinem Kindersitz auf dem Rücksitz des Autos, das neben meinem parkt, und schaut durchs Fenster. Sein Mund steht leicht offen, die Augen sind rund und groß, er ist vielleicht zwei oder drei Jahre alt. Ich kenne mich nicht gut aus mit Kindern, vielleicht starren sie immer so, vielleicht starrt vor allem dieser eine Junge immer so, aber ich denke natürlich trotzdem, dass er uns anstarrt, weil wir gleich aussehen.

Früher, als wir noch Verwechselungsspielchen gespielt haben, haben wir das genossen, das Angeschaut-Werden, die Aufmerksamkeit. Wenn wir mit Mama und Papa in der Stadt oder im Urlaub waren, sagten Fremde einfach so »Unglaublich, wie ähnlich ihr euch seht!« zu uns, oder »Ihre Jungs gleichen sich ja wie ein Ei dem anderen« zu unseren Eltern. Weil der Satz mit dem Ei und dem anderen Ei so oft vorkam, nannte Papa uns hin und wieder »Meine zwei Eier« oder begrüßte uns am Morgen mit den Worten »Na, wie geht's meinen beiden Frühstückseiern heute?«. Wir lachten jedes Mal und malten sogar mal ein Familienbild, auf dem Mama und Papa Menschen und wir Eier waren. Noch mehr als die Aufmerksamkeit der Erwachsenen genossen wir allerdings die Aufmerksamkeit von Kindern. Vor allem dort, wo viele von ihnen waren, waren wir die Stars. Ich liebte Sommerferientage im Schwimmbad, wenn wir im Becken auf- und abtauchten und die anderen Kinder verwirrten, oder auf unseren identischen Badetüchern in der Sonne trockneten und besonders von Jungs in unserem Alter neidisch beäugt wurden. Als wir älter wurden, blieb das Angeschaut- und Angestarrt-Werden zwar, aber irgendwann machte keiner mehr einfach so positiv-erstaunte Bemerkungen darüber, wie gleich wir aussahen. Und dass die Menschen trotzdem schauten, wurde unwichtig, wir nahmen es nur noch am Rande wahr, es wurde etwas, das man ignorieren konnte.

Heute ist das anders. Heute stört es mich. Wie dieser Junge schaut, stört mich. Wie auch seine Mutter jetzt durch das Beifahrerfenster schaut, stört mich. Nach all den Jahren, in denen ich nicht angeschaut wurde, weil das einzig Kuriose an mir auf einmal ausgelöscht war, nämlich die Tatsache, dass es mich noch mal gab, nach all den Jahren, in denen ich es genossen habe, sichtbar und trotzdem unauffällig zu sein, stört es mich jetzt, plötzlich wieder aufzufallen, wieder Teil von etwas Kuriosem zu sein. Es fühlt sich an, als sei mit mir, mit uns etwas nicht in Ordnung. Als seien wir zwei Eier, aus denen nie Küken geschlüpft sind, die sich individuell entwickeln, sondern die immer weitergewachsen sind und heute als überdimensionale Eier in der Landschaft stehen: ein bisschen faszinierend, aber vor allem absurd, abstoßend, vulgär.

Ich fahre mir mit der Hand durch die Haare, um sie zu glätten, um sie anders aussehen zu lassen als Manus vom Rastplatz-Wind zerzauste Frisur. »Soll ich mal fahren?«, fragt er. »Nein, passt schon«, sage ich. »Der Espresso hat gutgetan.« Ich schließe die Autotür und versuche, mich zu entspannen und diesen Moment zu genießen, den ich eigentlich so liebe, vor allem im Winter. Wenn die Wärme des Autos mich umschließt und die Lautstärke der Welt draußen gedämpft wird, das Autobahnbrausen nicht mehr in den Ohren ist, dafür aber jede kleine Bewegung hier drin intensiv und vertraut klingt: das Reiben der Klamotten am Sitz, das Surren des Anschnallgurtes, wenn man an ihm zieht, das Klicken, wenn er einrastet. Aber ich werde gestört. Von Manu, der sich parallel zu mir anschnallt. Ich atme schwer aus, fast ist es ein Seufzer. Manu sieht mich an. »Was ist?«, fragt er. »Nichts«, sage ich. »Ich bin nur müde.« »Ich hab doch gesagt, ich kann auch mal fah…« »Manu, ich fahre.« Er hebt beschwichtigend die Hände. »Okay, okay«, sagt er. Als ich losfahre, dreht er am Radioregler, bis er einen Mainstream-Pop-Sender gefunden hat. Ich bin wahnsinnig müde und es wäre besser, wenn ich mich mit Manu unterhalten würde, um wach zu bleiben. Aber ich kann mich jetzt nicht mit ihm unterhalten.

Mama hat damals weinend angerufen. »Manu ist weg!«, hat sie immer wieder gesagt und ich war komplett verwirrt. Papa las mir dann den Brief vor, weil sie es nicht schaffte. Drei Tage vorher hatte ich Manu noch getroffen, zum Mittagessen, er wirkte total entspannt, weil seine Bachelorarbeit vom Tisch war, und wir plauderten über dies und das, seine Ex-Freundin, das Geburtstagsgeschenk für Papa, seine nicht vorhandenen Pläne. Praktikum? Ein Master? Mal länger ins Ausland? Es war alles völlig unkonkret und ich weiß noch, dass mir der Gedanke, Manu könne ins Ausland gehen, irgendwie wehtat. Weil ich das auch wollte, wenn er es wollte, aber eigentlich auch nicht wollte, weil ich lieber zu Hause war, weil ich nicht gerne reiste, weil er doch auch nie gerne gereist war, weil ich nicht wollte, dass er mir etwas voraushatte, weil wir gleichauf sein mussten. Ich rechnete einfach damit oder wollte damit rechnen, dass er das nicht umsetzen würde, dass es ihm zu kompliziert sein würde. Und dann musste ich am Telefon, von meinem Vater und mit dem Weinen meiner Mutter im Hintergrund, erfahren, dass er es bei unserem letzten Treffen längst schon umgesetzt hatte. Er hatte ein Ticket und einen Plan. Er hatte nicht mal seinen Mitbewohnern Bescheid gesagt, sondern hinterließ ihnen einen Umschlag auf dem Küchentisch. Drei Monatsmieten und eine Notiz, dass er hoffe, sie fänden in dieser Zeit einen geeigneten Nachmieter, er werde die Kündigung an den Vermieter schicken. Mit seinen übrigen Sachen könnten sie machen, was sie wollten. Es war sowieso nicht viel. Das Wichtigste hatte er in der Nacht vor seiner Abreise heimlich gepackt und dann mit seinem Rucksack frühmorgens das Haus verlassen. Alex, einer seiner Mitbewohner, sagte später, er habe gehört, wie die Wohnungstür zugezogen wurde, es müsse so gegen vier gewesen sein. Anhand dieser Zeitangabe versuchten wir nachzuvollziehen, welchen Flug er genommen haben könnte. Aber wer sagte, dass er überhaupt geflogen war? Vielleicht hatte er auch einen Zug oder einen Bus genommen. Und wir hatten keinerlei Möglichkeit, ihn aufzuspüren. Wir konnten ja nicht nach ihm fahnden lassen. Er war längst volljährig und schon drei Tage nach seinem Verschwinden schrieb er Gabriela eine erste Nachricht. Er lebte, er hatte auch nicht vor, das zu ändern, er war bloß nicht mehr hier. Wir mussten uns damit abfinden.

Natürlich vermisste ich Manu, aber anfangs war es noch schlimmer, dass ich mich von ihm betrogen fühlte. Wir hatten einen guten Modus gefunden. Dachte ich zumindest. Wir studierten unterschiedliche Fächer, wir lebten in verschiedenen Wohnungen, wir sahen uns regelmäßig, wir besprachen Wichtiges und Unwichtiges miteinander. Dachte ich zumindest. Wir hatten uns eingependelt, wir waren einander verbunden und wir waren einander wichtig, jenseits von Geheimsprache, Solidarität über Rosenkohl, Verwechslungsspielchen oder Angst um das Eigene, als junge Erwachsene, als Brüder. Dachte ich zumindest.

Ich hatte angefangen mich wohlzufühlen, und darum fühlte ich mich auch wohl, wenn ich Manu sah, der mir so vertraut war, den ich in- und auswendig kannte. Dachte ich zumindest. Und dann verschwand er und ich musste mich fragen, ob nur ich alles mit ihm besprochen hatte, er aber nicht mit mir. Ob nur er mir wichtig war und ich ihm nicht. Ob ich ihn gar nicht in- und auswendig kannte. Am tiefsten traf mich, dass er unseren Eltern einen Brief geschrieben hatte, aber mir nicht. Dass er mich in dem Brief an Mama und Papa nicht mal erwähnte. »Macht euch keine Sorgen. Sagt auch allen anderen, dass sie sich keine Sorgen machen müssen«, stand darin. Ich fiel unter »alle anderen«. Ich war niemand Besonderes, niemand, dem man einen Brief schrieb, niemand, dessen Name genannt werden musste. Manu hingegen war schlagartig zu etwas Besonderem geworden, er hatte sich über mich erhoben, über mich hinweggesetzt, sich abgespalten und weggestohlen, sich die Sorge und die Aufmerksamkeit aller gesichert. Sorge und Aufmerksamkeit, die ihn eigentlich gar nicht erreichen konnten, um die er aber wohl wusste und die ihn darum sicher doch erreichten, an einem Ort, den nur er alleine kannte. Ich war wütend und ich war unruhig, denn ich wusste nicht, wo Manu war, und darum wusste ich auch nicht, wohin mit mir.

Als die Wut und die Enttäuschung weniger wurden, wurde das Vermissen mehr. Es war wie damals, als er bei Oma war und ich daheimbleiben musste, weniger ein Vermissen aus echter Sehnsucht, sondern eher eines aus Gewohnheit. Etwas fehlte, und das spürte ich. Ich schlief schlecht, ich aß schlecht, ich war unkonzentriert und schlecht gelaunt. Manchmal stand ich vorm Spiegel und tat so, als würde ich Manu anschauen und nicht mich, als könnte ich ihn durch mich selbst ersetzen. Ich musste das für mich tun, aber auch für unsere Eltern, die auf einmal nur noch einen Sohn hatten. Ich war alleine.

Und dann kam das erste Weihnachten ohne Manu. Er hatte der Familie über Gabriela Weihnachtsgrüße zukommen lassen. Kein Päckchen, keine Karte. Ich befürchtete, dass Mama den Tisch für ihn decken oder Geschenke für ihn unter den Baum legen würde. Aber das tat sie nicht. Für mich hingegen war der Tisch gedeckt, für mich waren Geschenke unterm Baum, wie immer, oder fast wie immer, denn diesmal: nur für mich alleine. Ebenso wie die Aufmerksamkeit meiner Eltern und die Aufmerksamkeit meiner Oma und sämtliche Plätzchen. Nach dreiundzwanzig Jahren erlebte ich das erste Weihnachten ohne meinen Zwillingsbruder. Er war auf Fotos zu sehen, er grinste mich von dem Bild über dem Sofa an, auf dem er den Arm um meinen Nacken gelegt hatte, eine Geste zwischen Zärtlichkeit und Schwitzkasten, sehr nah, aber auch kämpferisch. Wir beide viel blonder als heute, vielleicht neun Jahre alt und uns bis zur Nasenspitze ähnelnd. Aber unter dem Foto saß er nicht neben mir auf dem Sofa, er aß nicht in Rekordgeschwindigkeit die Korinthen weg, er unterschrieb nicht vor oder nach mir die Karte, die ich auf das Geschenk unserer, meiner Eltern legte. Wir sprachen sogar kaum über ihn, vor allem wohl, weil es Mama zu weh getan hätte. Sie wollte Normalität mimen. Aber genau das tat auch mir gut, genau das gab mir das Gefühl, Manu gar nicht vermissen zu müssen. Dass er fort war, merkte ich, musste gar nicht bedeuten, dass mir etwas fehlte. Im Gegenteil, eigentlich bedeutete es sogar, dass ich auf einmal doppelt so viel hatte wie vorher. Natürlich war das auch eine Methode, damit zurechtzukommen, dass er gegangen war, es war auch Trotz. Aber es war auch der Moment, in dem ich anfing, mich ganz zu fühlen und nicht mehr halbiert. Und je länger ich mich so fühlte, desto mehr glaubte ich, dass ich mein ganzes Leben lang halbiert gewesen war und erst jetzt, da Manu weg war, ganz sein konnte.

Am Mittwoch, als ich daheim anrief, um Bescheid zu sagen, dass er zurück ist, hat Mama wieder am Telefon geweint. Vor Freude diesmal, vor Erleichterung. Sie wollte sofort mit Manu sprechen, aber er wollte nicht, er schüttelte den Kopf und flüsterte: »Am Wochenende.« »Wir kommen am Wochenende, Mama«, sagte ich, und ich wusste, dass es nur einen gab, der ihr Weinen hätte stoppen können, nur einen, dem es galt, und dass ich ihn diesmal nicht würde ersetzen können. Manu war zurück und er dockte nicht an und machte uns wieder zu zwei Hälften, er stürzte einfach in mein Leben und verdrängte mich. Von mir blieb vielleicht ein Viertel, vielleicht auch nichts, und obwohl es schon wahnsinnig unfair von ihm gewesen war, einfach so zu gehen, war es eigentlich noch viel unfairer von ihm, einfach so zurückzukommen.

Im Radio läuft Rihanna, der Song heißt »American Oxygen«, breathe out, breathe in, singt sie. Ich atme aus, ich atme ein, neben mir atmet Manu. Noch hundersechzig Kilometer, die Autobahn ist erstaunlich leer. Der Regen ist stärker geworden, meine Scheibenwischer quietschen etwas, ich muss sie bald mal austauschen. »Wir sind nie wirklich zusammen Auto gefahren, oder?«, fragt Manu. »Selten«, sage ich. »Manchmal.« Ich denke an Fahrten mit Papas Fiat in die Stadt, als wir noch zur Schule gingen. Bundes- und Landstraßen. »Aber nie Autobahn, meine ich«, sagt Manu. »Kann sein«, sage ich. Ich reibe mir mit Daumen und Mittelfinger kurz die Augen. Breathe out, breathe in. Vielleicht muss Manu die letzten hundert Kilometer fahren. Der Regen wird noch ein wenig stärker, die Scheibenwischer kämpfen.

Vor mir sehe ich die Rückleuchten eines Kombis. Ich gebe Gas und ziehe nach links. Der Kombi ist schneller, als ich dachte, so komme ich nicht vorbei, ich drücke das Bein durch. Neben mir schlägt es ein. Oder ich schlage ein. Ich bin zu weit links, ich bin angestoßen, eingeschlagen, der Golf bricht nach rechts aus, ohne mich, ich klammere mich ans Lenkrad, aber er schlägt trotzdem auf der anderen Seite ein, in den Kombi, der zurückschlägt, ich schreie etwas, Manu schreit etwas, dann ist alles Lärm, alles verkehrt, alles Einschlag von allen Seiten, dann ist alles still.

Es ist nicht mehr still. Ich höre Stimmen und Sirenen, sie sind weit weg und trotzdem ganz nah, ich verstehe das nicht. Ich sehe Lichtblitze. Ich liege, wie ich nie lag, meine Beine sind nicht da, oder doch, ich weiß es nicht, ich suche sie an meinem Körper, versuche, sie zu fühlen, ich glaube doch, sie sind noch da. Wo ich bin, gibt es keinen Horizont zu sehen, aber ich habe das Gefühl, in Schieflage zu sein, nach rechts gekippt, mein eigenes Gewicht zieht mich nach rechts, aber etwas hält mich fest, dass ich nicht falle, der Raum um mich, der mich einklemmt, der den unteren Teil meines Körpers umklammert. Ich bewege meine Finger, die sind auf jeden Fall noch da, sie fassen an meine Stirn, sie ist nass, dahinter sind Schläge. Ich drehe meinen Kopf, nicht weit, es geht nicht weit, weil ein Schmerz durch meinen Nacken in meinen Hinterkopf schießt. Ich muss die Augen schließen. Ich öffne die Augen wieder. Neben mir liegt Manu, wie er nie lag, gekrümmt, auch er zur Seite gefallen, der Kopf seltsam nach hinten geworfen. Sein Mund steht offen, mit seiner Nase stimmt etwas nicht. Seine Augen sind geschlossen. Oder nicht? Oder doch? Ich sage: »Manu« und ich weiß nicht, ob ein Ton aus meinem trockenen Mund kommt. In mir höre ich, wie ich seinen Namen sage, »Manu«, sage ich, ich sage es noch mal, aber ich glaube, es dringt nicht nach außen, es geht nur nach innen, dahin, wo hinter meiner Stirn die Schläge sind. Ich glaube, ich bin alleine.